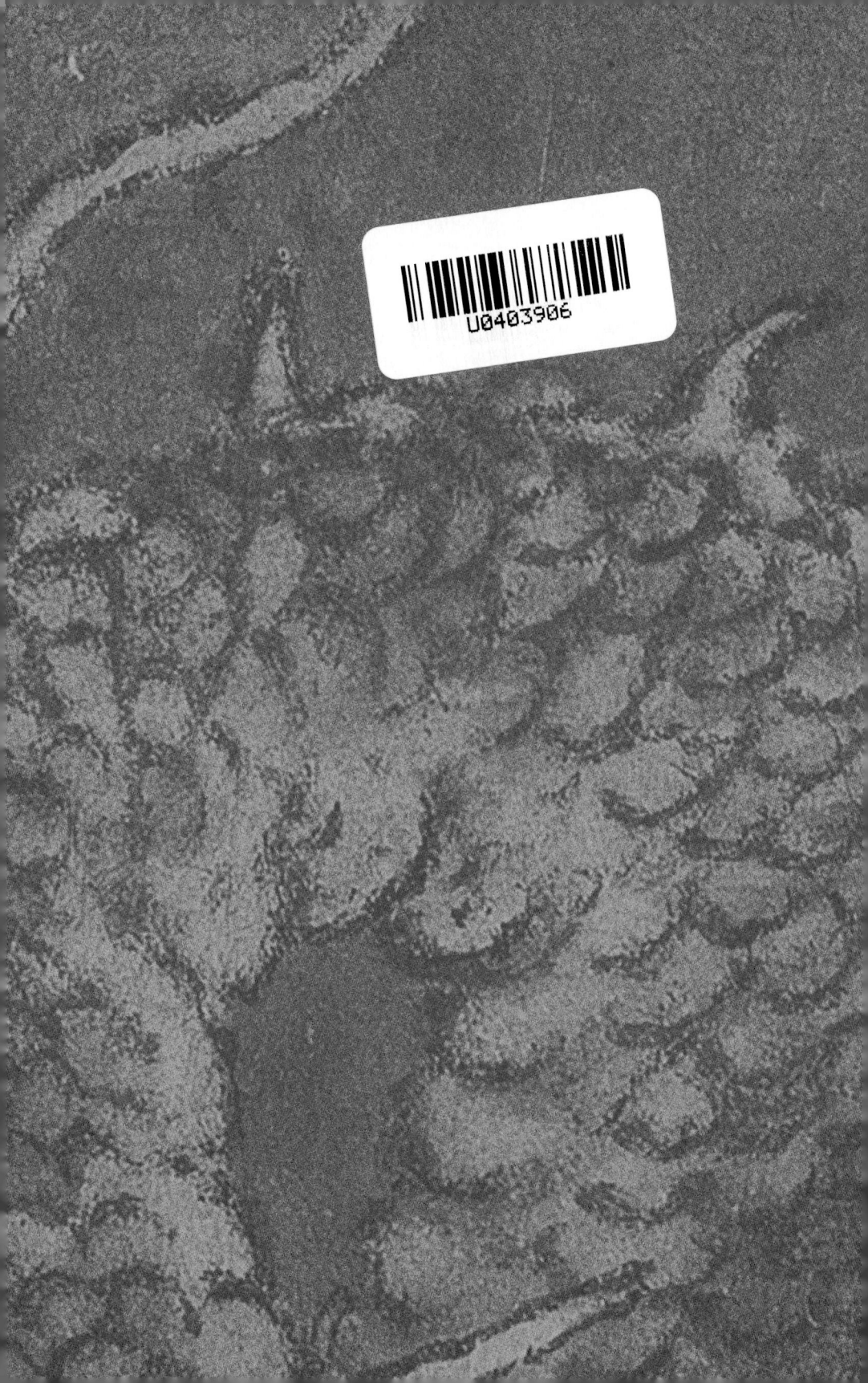

十八家诗钞

◎经典普及版◎

第十册

曾国藩 纂

上海大学出版社
·上海·

目 录

卷二十六 / 3117

李太白七绝·七十九首 / 3119

横江词六首 / 3121
永王东巡歌十一首 / 3122
上皇西巡南京歌十首 / 3124
峨眉山月歌 / 3127
东鲁见狄博通 / 3127
赠华州王司士 / 3127
巴陵赠贾舍人 / 3128
赠汪伦 / 3128
闻王昌龄左迁龙标,遥
　有此寄 / 3128
黄鹤楼送孟浩然之广陵 / 3129
送贺宾客归越 / 3129
送外甥郑灌从军三首 / 3129
送韩侍御之广德令 / 3130
山中答俗人 / 3130
答湖州迦叶司马问白是
　何人 / 3131
酬崔侍御 / 3131
鲁东门泛舟二首 / 3131
陪族叔刑部侍郎晔及中
　书贾舍人至游洞庭五
　首 / 3132
与谢良辅游泾川陵岩寺 / 3133
望庐山五老峰 / 3133
望天门山 / 3134

客中作 / 3134
早发白帝城 / 3134
秋下荆门 / 3134
苏台览古 / 3135
越中览古 / 3135
庐江主人妇 / 3135
山中与幽人对酌 / 3136
与史郎中饮,听黄鹤楼
　上吹笛 / 3136
白胡桃 / 3136
巫山枕障 / 3137
庭前晚开花 / 3137
军行 / 3137
从军行 / 3138
春夜洛城闻笛 / 3138
流夜郎闻酺不预 / 3138
宣城见杜鹃花 / 3139
长门怨二首 / 3139
春怨 / 3139
陌上赠美人 / 3140
口号吴王舞人半醉 / 3140
赠段七娘 / 3140
别内赴征三首 / 3140
南流夜郎寄内 / 3141
哭晁卿衡 / 3141

杜工部七绝·一百五首 / 3143

赠李白 / 3145

萧八明府实处觅桃栽 / 3145

从韦二明府续处觅绵竹 / 3145
凭何十一少府邕觅桤木
　栽 / 3146
诣徐卿觅果栽 / 3146
凭韦少府班觅松树子 / 3146
又于韦处乞大邑瓷碗 / 3147
绝句漫兴九首 / 3147
春水生二绝 / 3148
少年行二首 / 3149
少年行 / 3149
赠花卿 / 3150
李司马桥了承高使君自
　成都回 / 3150
江畔独步寻花七绝句 / 3150
重赠郑炼绝句 / 3152
中丞严公雨中垂寄见忆
　一绝，奉答二绝 / 3152
谢严中丞送青城山道士
　乳酒一瓶 / 3152
三绝句 / 3153
戏为六绝句 / 3153
答杨梓州 / 3155

得房公池鹅 / 3155
官池春雁二首 / 3155
投简梓州幕府兼简韦十
　郎官 / 3156
戏作寄上汉中王二首 / 3156
黄河二首 / 3156
绝句四首 / 3157
奉和严公军城早秋 / 3158
三绝句 / 3158
存没口号二首 / 3158
夔州歌十绝句 / 3159
解闷十二首 / 3161
承闻河北诸道节度入朝
　欢喜口号绝句十二首 / 3164
上卿翁请修武侯庙遗像
　缺落时崔卿权夔州 / 3166
喜闻盗贼总退口号五首 / 3166
漫成一绝 / 3167
书堂饮既夜复邀李尚书
　下马月下赋绝句 / 3168
江南逢李龟年 / 3168

苏东坡七绝上·二百三首 / 3169

郿坞 / 3171
授经台 / 3171
九月中曾题二小诗于南
　溪竹上，既而忘之，
　昨日再游，见而录之 / 3171
濠州七绝 / 3172
初到杭州寄子由二绝 / 3173
吉祥寺赏牡丹 / 3174
吉祥寺僧求阁名 / 3174
六月二十七日望湖楼醉
　书五首 / 3174
夜泛西湖五绝 / 3175
沈谏议召游湖不赴，明

日得双莲于北山下，
　作一绝，持献沈，既
　见和，又别作一首，
　因用其韵 / 3176
望海楼晚景五绝 / 3176
八月十七复登望海楼，自
　和前篇。是日榜出，与
　试官两人复留五首 / 3177
和陈述古拒霜花 / 3178
和沈立之留别二首 / 3178
盐官绝句四首 / 3179
六和寺冲师闸山溪为水
　轩 / 3180

冬至日独游吉祥寺 / 3180
后十余日复至 / 3180
戏赠 / 3181
和人求笔迹 / 3181
赠孙莘老七绝 / 3181
王复秀才所居双桧二首 / 3183
上元过祥符僧可久房，
　　萧然无灯火 / 3183
饮湖上初晴后雨二首 / 3183
富阳妙庭观董双成故宅，
　　发地得丹鼎，覆以铜
　　盘，承以琉璃盆，盆
　　既破碎，丹亦为人争
　　夺持去，今独盘鼎在
　　耳，二首 / 3184
山村五绝 / 3184
赠别 / 3185
次韵代留别 / 3185
吉祥寺花将落而述古不
　　至 / 3186
述古闻之明日即来坐上
　　复用前韵同赋 / 3186
宝山昼睡 / 3186
席上代人赠别三首 / 3186
唐道人言天目山上俯视
　　雷雨，每大雷电，但
　　闻云中如婴儿声，殊
　　不闻雷震也 / 3187
追和子由去岁试举人洛
　　下所寄五首
　　暴雨初晴楼上晚景 / 3187
佛日山荣长老方丈五绝 / 3188
八月十五日看潮五绝 / 3189
临安三绝 / 3190
陌上花三首 / 3191
九日，舟中望见有美堂
　　上鲁少卿饮，以诗戏

　　之，二首 / 3192
游诸佛舍，一日饮酽茶
　　七盏，戏书勤师壁 / 3192
金门寺中见李西台与二
　　钱唱和四绝句，戏用
　　其韵跋之 / 3193
书双竹湛师房二首 / 3194
和述古冬日牡丹四首 / 3194
吊天竺海月辩师三首 / 3195
柳氏二外甥求笔迹二首 / 3196
钱道人有诗云"直须认
　　取主人翁"，作两绝戏
　　之 / 3196
成都进士杜暹伯升出家
　　名法通，往来吴中 / 3197
监洞霄宫俞康直郎中所
　　居四咏 / 3197
次韵沈长官三首 / 3198
戏书吴江三贤画像三首 / 3198
回先生过湖州东林，沈
　　氏饮醉，以石榴皮书
　　其家东老庵之壁云：
　　"西邻已富忧不足，东
　　老虽贫乐有余。白酒
　　酿来因好客，黄金散
　　尽为收书。"西蜀和仲
　　闻而次其韵三首。东
　　老，沈氏之老自谓也，
　　湖人因以名之，其子
　　偕作诗有可观者 / 3199
李行中醉眠亭三首 / 3200
单同年求德兴俞氏聚远
　　楼诗三首 / 3201
次韵孙巨源寄涟水李盛
　　二著作，并以见寄五
　　绝 / 3201
王莽 / 3202

董卓 / 3202
送赵寺丞寄陈海州 / 3203
答陈述古二首 / 3203
和张子野见寄三绝句 / 3203
和文与可洋川园池三十
　首 / 3204
和孔密州五绝 / 3209
和赵郎中见戏二首 / 3210
子由将赴南都，与余会
　宿于逍遥堂，作两绝
　句。读之殆不可为怀，
　因和其诗以自解。余
观子由，自少旷达，
天资近道，又得至人
养生长年之诀，而余
亦窃闻其一二。以为
今者宦游相别之日浅，
而异时退休相从之日
长，既以自解，且以
慰子由云二首 / 3211
阳关词三首 / 3211
和孔周翰二绝 / 3212
登望谼亭 / 3212
虔州八境图八首 / 3213

卷二十七 / 3215

苏东坡七绝下·二百三十五首 / 3217

寒食日答李公择三绝次
　韵 / 3219
闻李公择饮傅国博家大
　醉二首 / 3219
文与可有诗见寄，云：
　"待将一段鹅溪绢，
　扫取寒梢万尺长。"
　次韵答之 / 3220
次韵参寥师寄秦太虚三
　绝句时秦君举进士不
　得 / 3220
次韵田国博部夫南京见
　寄二绝 / 3221
送蜀人张师厚赴殿试二
　首 / 3222
再次韵答田国博部夫还
　二首 / 3222
次韵关令送鱼 / 3222
梅花二首 / 3223
陈季常所蓄朱陈村嫁娶
　图二首 / 3223
少年时尝过一村院，见
　壁上有诗云："夜凉疑
　有雨，院静似无僧。"
　不知何人诗也。宿黄
　州禅智寺，寺僧皆不
　在，夜半雨作，偶记
　此诗，故作一绝 / 3224
次韵乐著作送酒 / 3224
次韵乐著作天庆观醮 / 3224
南堂五首 / 3225
子由作二颂，颂石台长
　老闻公手写莲经，字
　如黑蚁且诵万遍，胁
　不至席二十余年，予
　亦作二首 / 3225
橄榄 / 3226
海棠 / 3226

东坡 / 3226
子由在筠作《东轩记》，或戏之为东轩长老。其婿曹焕往筠，余作一绝句送曹以戏子由。曹过庐山，以示圆通慎长老。慎欣然亦作一绝，送客出门，归入室，趺坐化去。子由闻之，仍作二绝，一以答余，一以答慎。明年余过圆通，始得其详，乃追次慎韵 / 3227
余过温泉，壁上有诗云：直待众生总无垢，我方清冷混常流。问人，云：长老可遵作。遵已退居圆通，亦作一绝 / 3227
世传徐凝《瀑布》诗云"一条界破青山色"至为尘陋。又伪作乐天诗称羡此句，有"赛不得"之语。乐天虽涉浅易，然岂至是哉！乃戏作一绝 / 3228
书李公择白石山房 / 3228
赠东林总长老 / 3228
题西林壁 / 3229
次荆公韵四首 / 3229
题孙思邈真 / 3229
戏作鮰鱼一绝 / 3230
次韵答宝觉 / 3230
以玉带施元长老，元以衲裙相报，次韵二首 / 3230
金山梦中作 / 3231
和王胜之三首 / 3231

春日 / 3232
归宜兴，留题竹西寺三首 / 3232
孟震同游常州僧舍三首 / 3233
赠常州报恩长老二首 / 3233
溪阴堂 / 3234
惠崇春江晚景二首 / 3234
戏周正孺二绝 / 3234
轼以去岁春夏侍立迩英，而秋冬之交，子由相继入侍，次韵绝句四首各述所怀 / 3235
书皇亲扇 / 3236
书李世南所画秋景二首 / 3236
次韵宋肇惠澄心纸二首 / 3237
郭熙秋山平远二首 / 3237
谢王泽州寄长松兼简张天觉二首 / 3238
和子由除夜元日省宿致斋三首 / 3238
次韵答张天觉二首 / 3239
书艾宣画四首 / 3239
送钱穆父出守越州二首 / 3240
书林次中所得李伯时《归去来》《阳关》二图后二首 / 3241
题李伯时画赵景仁琴鹤图二首 / 3241
王晋卿所藏著色山二首 / 3242
次韵王晋卿惠花栽所寓张退傅第中 / 3242
书王定国所藏王晋卿画著色山 / 3243
同秦仲二子雨中游宝山 / 3243
与莫同年雨中饮湖上 / 3243
次韵王忠玉游虎丘三首 / 3244
和钱四寄其弟龢 / 3244

次韵子由使契丹至涿州
　　见寄四首 / 3245
又和景文韵 / 3246
西湖寿星院此君轩 / 3246
菩提寺南漪堂杜鹃花 / 3246
次韵钱穆父紫薇花二首 / 3247
次韵杨公济梅花十首 / 3247
赠刘景文 / 3249
谢关景仁送红梅栽二首 / 3249
游宝云寺得唐彦猷为杭
　　州日送客，舟中手书
　　一绝句，云："山雨霏
　　微不满空，画船来往
　　疾轻鸿。谁知独卧朱
　　帘里，一榻无尘四面
　　风。"明日，送彦猷之
　　子坰赴鄂州，舟中遇
　　微雨，感叹前事，因
　　和其韵作两首送之，
　　且归其书唐氏 / 3250
再和杨公济梅花十绝 / 3250
次韵参寥同前 / 3252
书《浑令公燕鱼朝恩图》/ 3252
予去杭十六年而复来，
　　留二年而去。平生自
　　觉出处老少，粗似乐
　　天，虽才名相远，而
　　安分寡求，亦庶几焉。
　　三月六日来别南北山
　　诸道人，而下天竺惠
　　净师以丑石赠行，作
　　三绝句 / 3253
书王晋卿画四首 / 3253
题王晋卿画后 / 3254
赠武道士弹贺若 / 3254
元祐六年六月自杭州召
　　还，汶公馆我于东堂，

阅旧诗卷，次诸公韵
　　三首 / 3255
送欧阳主簿赴官韦城四
　　首 / 3255
臂痛谒告作三绝句示四
　　君子 / 3256
西湖戏作 / 3257
次韵赵德麟雪中惜梅且
　　饷柑酒三首 / 3257
淮上早发 / 3258
次韵德麟西湖新成见怀
　　绝句 / 3258
予少年颇知种松，手植
　　数万株，皆中梁柱矣。
　　都梁山中见杜舆秀才，
　　求学其法，戏赠二首 / 3258
次韵秦少游、王仲至元
　　日立春三首 / 3259
上元侍饮楼上三首呈同
　　列 / 3259
再送蒋颖叔帅熙河二首 / 3260
次韵钱穆父马上寄蒋颖
　　叔二首 / 3260
七年九月，自广陵召还，
　　复馆于浴室东堂。八
　　年六月，乞会稽，将
　　去，汶公乞诗，乃复
　　用前韵三首 / 3261
题毛女真 / 3262
三月二十日开园三首 / 3262
临城道中作 / 3263
予前后守倅余杭凡五年，
　　夏秋之间，蒸热不可
　　过，独中和堂东南颊
　　下瞰海门，洞视万里，
　　三伏常萧然也。绍圣
　　元年六月，舟行赴岭

外，热甚，忽忆此处
而作是诗 / 3263
慈湖夹阻风五首 / 3263
宿建封寺，晓登尽善亭，
　　望韶石三首 / 3264
食荔枝二首 / 3265
三月二十九日二首 / 3266
纵笔三首 / 3266
次韵子由赠吴子野先生
　　二绝句 / 3266
被酒独行遍至子云、威、
　　徽、先觉四黎之舍三
　　首 / 3267
题过所画枯木竹石三首 / 3268
澄迈驿通潮阁二首 / 3269
合浦愈上人以诗名岭外，
　　将访道南岳，留诗壁
　　上云：闲伴孤云自在
　　飞。东坡居士过其精
　　舍，戏和其韵 / 3269
书韩干二马 / 3269
跋王晋叔所藏画
　　徐熙杏花 / 3270
赵昌四季 / 3270
题灵峰寺壁 / 3271
赠龙光长老 / 3271
赠岭上老人 / 3271
赠岭上梅 / 3272
予初谪岭南，过田氏水

阁，东南一峰，丰下
　　锐上，里人谓鸡笼山，
　　予更名独秀峰，今复
　　过之，戏留一绝 / 3272
画车二首 / 3272
次韵郭功甫二首 / 3273
次韵法芝举旧诗一首 / 3273
睡起闻米元章冒热到东
　　园送麦门冬饮子 / 3273
洗儿 / 3274
戏作贾梁道诗 / 3274
戏孙公素 / 3274
刘监仓家煎米粉作饼子，
　　余云："为甚酥？"潘邠
　　老家造逡巡酒，余饮
　　之云："莫作醋，错著
　　水来否？"后数日，余
　　携家饮郊外，因作小
　　诗戏刘公，求之 / 3275
元祐元年二月八日，朝
　　退，独在起居院读《汉
　　书·儒林传》感申公
　　故事，作小诗一绝 / 3275
过子忽出新意以山芋作
　　玉糁羹，色香味皆奇
　　绝，天上酥陀则不可
　　知人间决无此味也 / 3276
撷菜 / 3276

陆放翁七绝上·一百七十首 / 3277

东阳道中 / 3279
以石芥送刘韶美礼部，
　　刘比酿酒劲甚，因以
　　为戏二首 / 3279
买鱼二首 / 3280

悲秋 / 3280
七月十四夜观月 / 3280
十月苦蝇二首 / 3281
重阳 / 3281
秋风亭拜寇莱公遗像二

首 / 3282
倚阑 / 3282
谢张廷老司理录示山居
　诗二首 / 3282
大安病酒留半日，王守
　复来招，不往，送酒
　解酲，因小饮江月馆 / 3283
和高子长参议道中二绝 / 3283
自三泉泛嘉陵至利州 / 3284
仙鱼铺得仲高兄书 / 3284
剑门道中遇微雨 / 3284
剑门城北，回望剑关诸
　峰，青入云汉，感蜀
　亡事，慨然有赋 / 3285
越王楼二首 / 3285
和谭德称送牡丹二首 / 3286
思政堂东轩偶题 / 3286
荔枝楼小酌二首 / 3287
醉中作四首 / 3287
池上见鱼跃有怀姑熟旧
　游 / 3288
秋夜读书戏作 / 3288
太平花 / 3289
次韵周辅道中二首 / 3289
高秋亭 / 3290
九日试雾中僧所赠茶 / 3290
花时遍游诸家园十首 / 3290
题直舍壁 / 3292
观华严阁僧斋 / 3293
寺楼月夜醉中戏作三首 / 3293
江渎池纳凉 / 3294
读书二首 / 3294
寺居睡觉二首 / 3295
海棠二首 / 3295
杂咏四首 / 3296
夜坐 / 3296
城北青莲院方丈壁间有

画燕子者，过客多题
　诗，予亦戏作二绝句 / 3297
双流旅舍三首 / 3297
文君井 / 3298
山中小雨，得宇文使君
　简，问尝见张仙翁乎？
　戏作一绝 / 3298
雨中山行至松风亭忽澄
　霁 / 3299
夜寒二首 / 3299
记梦二首 / 3300
江上散步寻梅偶得三绝
　句 / 3300
看梅归马上戏作 / 3301
叙州三首 / 3301
龙兴寺吊少陵先生寓居 / 3302
归州重五 / 3303
楚城 / 3303
小雨极凉舟中熟睡至夕 / 3303
过灵石三峰二首 / 3304
梅花绝句六首 / 3304
建安遣兴 / 3305
秋怀二首 / 3306
黄亭夜雨 / 3306
紫溪驿二首 / 3307
卧舆 / 3307
夜坐 / 3307
月岩 / 3308
闻雁 / 3308
灯夕有感 / 3308
感旧绝句七首 / 3309
昼卧闻百舌 / 3310
观蔬圃 / 3310
焚香昼睡，比觉香犹未
　散，戏作二首 / 3311
薙庭草 / 3311
夏日昼寝，梦游一院，

阒然无人,帘影满堂,
　　惟燕蹴筝弦有声。觉
　　而闻铁铎风响璆然,
　　殆所梦邪?因得绝
　　句 / 3311
书李商叟秀才所藏曾文
　　清诗卷后 / 3312
社日小饮 / 3312
枕头晚兴二首 / 3312
予欲自严买船下七里滩,
　　谒严光祠而归,会滩
　　浅,陆行至桐庐,始
　　能泛江,因得绝句 / 3313
渔浦二首 / 3313

小园四首 / 3314
夜坐独酌 / 3315
湖村月夕四首 / 3315
蔬圃绝句七首 / 3316
蔬园杂咏五首 / 3317
秋雨渐凉有怀兴元三首 / 3319
秋夜观月二首 / 3319
枕上 / 3320
月下 / 3320
寄题朱元晦武夷精舍五
　　首 / 3320
无题 / 3321
游仙五首 / 3321

卷二十八 / 3323

陆放翁七绝下·四百八十二首 / 3325

湖村野兴二首 / 3327
中秋雨霁,月色入户,
　　起,饮酒一杯,作绝
　　句 / 3327
溪上醉吟 / 3328
乡人或病予诗多道蜀中
　　遨乐之盛,适春日游
　　镜湖,共请赋山阴风
　　物,遂即杯酒间作四
　　绝句,却当持以夸西
　　州故人也 / 3328
柯桥客亭二首 / 3329
晓枕 / 3329
晨起闲步 / 3330
送紫霄女道士四明谢君
　　二首 / 3330
夜中起读书,戏作二首 / 3331
初冬杂题六首 / 3331

题海首座侠客像 / 3332
曾仲躬见过,适遇予出,
　　留小诗而去。次韵二
　　首 / 3333
杂兴三首 / 3333
舟中感怀,三绝句呈太
　　傅相公兼简岳大用郎
　　中 / 3334
饮张功父园戏题扇上 / 3335
宿石帆山下二首 / 3335
倦眼 / 3336
拜旦表 / 3336
病中夜半 / 3336
即事 / 3337
园中绝句二首 / 3337
雪中忽起从戎之兴戏作
　　四首 / 3337
余年二十时,尝作《菊

枕诗》，颇传于人。今
　秋偶复采菊缝枕囊，
　凄然有感 / 3338
寒夜读书二首 / 3339
杨庭秀寄《南海集》/ 3339
假中闭户终日，偶得绝
　句 / 3340
雨中独坐 / 3340
塞上曲 / 3341
寓蓬莱馆 / 3341
拄杖 / 3342
北望 / 3342
估客有自蔡州来者，感
　怅弥日 / 3343
夜归偶怀故人独孤景略 / 3343
纵笔二首 / 3344
练塘 / 3344
五云桥 / 3344
云门独坐 / 3345
东关二首 / 3345
咏史 / 3346
湖上小阁 / 3346
道石 / 3346
秋晚思梁益旧游 / 3347
小舟自红桥之南过吉泽
　归三山 / 3348
杂题 / 3348
叹俗 / 3350
观梅至花泾，高端叔解
　元见寻 / 3350
小市 / 3350
秋夜将晓，出篱门迎凉
　有感二首 / 3351
秋日郊居 / 3351
示儿 / 3353
舍北望水乡风物戏作绝
　句 / 3353

昼眠 / 3354
夜读范致能《揽辔录》，
　言中原父老见使者多
　挥涕。感其事作绝句 / 3354
村东 / 3355
雨晴 / 3355
病起 / 3355
松下纵笔四首 / 3356
山园遣兴 / 3356
雨夕焚香 / 3357
排闷六首 / 3357
系舟二首 / 3359
连日风雨寒甚，夜忽大
　风，明旦遂晴 / 3359
晚兴 / 3359
记梦三首 / 3360
读史 / 3360
夜读吕化光"文章抛尽
　爱功名"之句戏作 / 3361
泛舟观桃花 / 3361
小僧乞诗 / 3362
看镜 / 3362
三峡歌九首 / 3362
望永思陵 / 3365
霜夜 / 3365
赠道友 / 3366
示子聿 / 3368
纸阁午睡 / 3368
春晚怀山南 / 3368
初夏 / 3369
舍北晚眺 / 3371
小舟游，近村舍舟，步
　归 / 3372
读《易》/ 3373
一壶歌 / 3374
怀旧 / 3375
读杜诗 / 3377

半丈红盛开 / 3377
感事 / 3378
题韩运盐竹隐堂绝句 / 3379
北园杂咏 / 3379
杂感 / 3380
戏作治生绝句 / 3382
龟堂杂题 / 3383
太息 / 3384
梅花 / 3385
沈园 / 3385
致仕后即事 / 3386
冬晴与子坦、子聿游湖上 / 3387
龟堂杂兴 / 3389
庚申元日口号 / 3390
枕上口占 / 3392
喜晴 / 3392
枕上 / 3392
对酒戏咏 / 3393
食晚 / 3393
小舟白竹篷盖,保长所乘也。偶借至近村,戏作 / 3394
稻饭 / 3394
追感往事 / 3394
雨晴,风日绝佳,徙倚门外 / 3396
海上作 / 3397
夏日杂题 / 3397
出门与邻人笑谈久之,戏作 / 3397
夜归 / 3398
钱道人不饮酒食肉,囊中不畜一钱,所须饭及草屦二物,皆临时乞钱买之。非此,虽强与不取也 / 3398

秋日杂咏 / 3399
倚楼 / 3400
除夕 / 3400
梅花绝句 / 3400
别严和之 / 3402
夏初湖村杂题 / 3402
夜吟 / 3403
感旧赠超师 / 3403
谢韩实之直阁送灯 / 3404
绍兴癸亥,余以进士来临安,年十九。明年上元,从舅光州通守唐公仲俊招观灯。后六十年嘉泰壬戌,被命起造朝。明年癸亥,复见灯夕游人之盛,感叹有作 / 3404
梦游 / 3405
闻蛩 / 3405
湖上秋夜 / 3406
秋思 / 3406
杂兴 / 3407
书事 / 3407
雨后 / 3408
甲子秋八月,偶思出游,往往累日不能归,或远至旁县。凡得绝句十有二首,杂录入稿中,亦不复诠次也 / 3409
感昔 / 3411
暮秋 / 3412
晚归 / 3413
太息 / 3413
柳桥 / 3414
鸥 / 3414
鹭 / 3414
梦中作 / 3415

自咏绝句 / 3415
新制小冠 / 3417
秋怀 / 3417
秋思绝句 / 3418
老学庵北窗杂书 / 3419
秋兴 / 3420
道室即事 / 3421
忆昨 / 3422
出游归卧得杂诗 / 3423
烟波即事 / 3424
见鹊补巢戏作 / 3427
春晚即事 / 3427
杂咏 / 3428
夏日杂题 / 3428
秋晚杂兴 / 3429
二友 / 3432
岁晚 / 3433
晓起折梅 / 3433
新春感事八首，终篇因
　　以自解 / 3434
记闲 / 3435
春游 / 3435

书忧 / 3436
门外独立 / 3436
书感 / 3437
秋暑夜起追凉 / 3437
秋思 / 3438
感事 / 3440
仲秋书事 / 3440
溪上小雨 / 3442
闻新雁有感 / 3442
初冬杂咏 / 3443
得子虡，书言明春可归 / 3444
杂赋 / 3444
梅 / 3445
春日杂兴 / 3445
花下小酌 / 3446
夏日 / 3447
即事 / 3448
嘉定己巳立秋得膈上疾，
　　近寒露乃小愈 / 3449
梅市书事 / 3450
示儿 / 3450

卷二十六

李太白七绝

七十九首

横江词六首

人言横江①好,侬道横江恶。
一风三日吹倒山〔一〕,白浪高于瓦官阁②。
〔一〕一作:猛风吹倒天门山。

① 横江:在今安徽和县东南,与南岸采石矶隔江相对,为津渡处。② 瓦官阁:即瓦棺寺,又名升元阁,故址在今江苏南京中华门内西南隅。

海潮南去过寻阳①,牛渚由来险马当②。
横江欲渡风波恶,一水牵愁万里长。

① 寻阳:即浔阳,今江西九江,长江至此向东北行,故言海潮南去。② 马当:马当山,在今江西彭泽东北。

横江西望阻西秦①,汉水东连扬子津②。
白浪如山那可渡,狂风愁杀峭帆③人。

① 西秦:此代指长安。② 扬子津:今江苏扬州南。③ 峭帆:高耸的船帆。

海神来过恶风回,浪打天门石壁开。
浙江八月何如此,涛似连山喷雪来。

横江馆前津吏①迎,向余东指海云生。
郎今欲渡缘何事,如此风波不可行。

①津吏：掌管舟梁之事的官吏。

月晕天风雾不开，海鲸东蹙①百川回。
惊波一起三山动，公无渡河②归去来。

①蹙（cù）：迫近。②公无渡河：汉乐府有《公无渡河》曲。说有一狂夫欲渡滔涌之河，其妻苦劝不成，狂夫溺亡，其妻悲歌《公无渡河》。

永王东巡歌十一首

永王①正月东出师，天子遥分龙虎旗。
楼船②一举风波静，江汉翻为雁鹜池③。

①永王：李璘，唐玄宗第十六子。②楼船：此指战船。③雁鹜（wù）池：汉梁孝王官苑中池名，在今河南商丘东南古梁园内。

三川北虏乱如麻，四海南奔似永嘉①。
但用东山谢安石，为君谈笑静湖沙。

①"四海"句：永嘉五年（311），刘曜攻陷洛阳，中原士族纷纷逃往江南避乱，史称"永嘉之乱"。永嘉，晋怀帝年号。

雷鼓嘈嘈喧武昌，云旗猎猎过寻阳。
秋毫不犯三吴①悦，春日遥看五色光。

①三吴：指吴郡、吴兴及会稽，今江苏南部、浙江北部一带。

龙盘虎踞帝王州,帝子金陵访古丘。
春风试暖昭阳殿①,明月还过鳷鹊楼②。

① 昭阳殿:金陵南朝宫苑名,在今江苏南京鸡鸣寺后古台城。
② 鳷(zhī)鹊楼:南朝楼阁名,在今江苏南京。多泛指皇宫内的建筑。

二帝①巡游俱未回,五陵②松柏使人哀。
诸侯不救河南③地,更喜贤王④远道来。

① 二帝:指唐玄宗和唐肃宗。② 五陵:指高祖献陵、太宗昭陵、高宗乾陵、中宗定陵、睿宗桥陵。③ 河南:即洛阳,当时被安史叛军所占据。④ 贤王:指永王李璘。

丹阳北固①是吴关,画出楼台云水间。
千岩烽火连沧海,两岸旌旗绕碧山。

① 丹阳北固:丹阳,今江苏镇江;北固,即北固山,在今江苏镇江。

王出三江按①五湖,楼船跨海次②扬都③。
战舰森森罗虎士,征帆一一引龙驹。

① 按:巡视。② 次:停留。③ 扬都:指扬州。

长风挂席①势难回,海动山倾古月②摧。
君看帝子浮江日,何似龙骧出峡③来。

① 挂席:挂起船帆。② 古月:"胡"字的隐语,指安禄山

叛军。③ 龙骧（xiāng）出峡：指西晋龙骧将军王濬于咸宁五年（279）从四川取道三峡伐吴事。

祖龙①浮海②不成桥，汉武寻阳空射蛟。
我王楼舰轻③秦汉，却似文皇④欲渡辽。

① 祖龙：指秦始皇。② 浮海：渡海。③ 轻：看轻。④ 文皇：指唐太宗李世民。

帝宠贤王入楚关①，扫清江汉始应还。
初从云梦开朱邸②，更取金陵作小山。

① 楚关：楚地，泛指湖南、湖北一带。② 朱邸（dǐ）：朱红色的府邸，古时诸侯王府。

试借君王玉马鞭①，指麾戎虏②坐琼筵。
南风一扫胡尘静，西入长安到日边③。

① 玉马鞭：借喻军权。② 戎虏（lǔ）：指安禄山叛军。③ 日边：此指皇帝身边。

上皇西巡南京①歌十首

胡尘轻拂建章台②，圣主西巡蜀道来。
剑壁门高五千尺，石为楼阁九天开。

① 南京：指成都。天宝十五载（756）十二月，以蜀郡（今成

都）为南京，凤翔为西京，长安为中京。② 建章台：指长安。

九天开出一成都①，万户千门入画图。
草树云山如锦绣，秦川②得及此间无。

① 成都：天宝十五载（756）改蜀郡为成都府。② 秦川：指长安一带。

德阳春树似新丰①，行入新都若旧宫。
柳色未饶秦地绿，花光不减上林红。

① 新丰：汉县名，今陕西临潼东北。

谁道君王行路难，六龙①西幸万人欢。
地转锦江成渭水，天回玉垒②作长安。

① 六龙：指皇帝六匹马的车架。② 玉垒：山名，在今四川境内。

万国同风①共一时，锦江②何谢③曲江池④。
石镜更明天上月，后宫亲得照娥眉。

① 同风：风俗相同。② 锦江：又称濯锦江，在成都境内。③ 谢：逊，不如。④ 曲江池：在今陕西西安东南。

濯锦清江万里流，云帆龙舸①下扬州。
北地虽夸上林苑，南京②还有散花楼③。

① 龙舸：皇帝乘坐的船。② 南京：唐代以成都为南京。天宝

十五载（756）安禄山叛，唐玄宗逃往成都，太子李亨在灵武即位，即唐肃宗，称成都南京。③ 散花楼：一名锦亭、锦楼，隋蜀王杨秀所建，故址在今四川成都东北隅。

  锦水东流绕锦城①，星桥②北挂象天星。
  四海此中朝圣主，峨眉山上列仙庭。

  ① 锦城：即成都。② 星桥：即七星桥，在今四川成都。

  秦开蜀道置金牛①，汉水元通星汉流。
  天子一行遗圣迹，锦城长作帝王州。

  ①"秦开"句：《华阳国志·蜀志》载，秦惠王欲伐蜀而不认识道路，于是造了五只石牛，以金置其尾下，扬言石牛能屎金。蜀王信以为真，派五力士拖石牛回蜀。秦惠王派张仪、司马错循路灭蜀。

  水绿天青不起尘，风光和暖胜三秦①。
  万国烟花随玉辇②，西来添作锦江春。

  ① 三秦：公元前206年项羽破秦入关，后三分关中之地。② 玉辇（niǎn）：皇帝所乘之车。

  剑阁重关蜀北门，上皇①归马若云屯。
  少帝②长安开紫极③，双悬日月④照乾坤。

  ① 上皇：指太上皇唐玄宗李隆基。② 少帝：指唐肃宗李亨。③ 紫极：指帝王宫殿。④ 双悬日月：指唐肃宗与唐玄宗皆在长安。

峨眉山月歌

峨眉山月半轮秋,影入平羌江水流。
夜发清溪向三峡,思君不见下渝州。

东鲁①见狄博通②

去年别我向何处,有人传道游江东。
谓言挂席度沧海,却来应是无长风。

① 东鲁:泛指今山东兖州及其附近曲阜等一带。② 狄博通:狄仁杰的曾孙,狄仁杰为唐武则天执政时宰相。

赠华州王司士

淮水①不绝波澜高,盛德未泯生英髦②。
知君先负庙堂器,今日还须赠宝刀③。

① 淮水:即淮河,源出今河南南部桐柏山,向东流经安徽、苏州北部入海。② 英髦(máo):俊秀杰出的人。③ 赠宝刀:三国魏时,徐州刺史吕虔有佩刀,相人以为有三公之命方可佩。吕以之赠州别驾王祥,王祥死前又将其赠与王览。后因用作咏三公的典故,也借以咏别驾等州郡佐职。

巴陵赠贾舍人①

贾生西望忆京华,湘浦南迁莫怨嗟。
圣主②恩深汉文帝,怜君不遣到长沙③。

① 贾舍人:贾至,字幼邻,玄宗天宝末为中书舍人,故称贾舍人。时迁谪岳州。② 圣主:指唐肃宗李亨。③ "怜君"句:汉文帝贬贾谊于长沙。此以贾谊比贾至。

赠汪伦

李白乘舟将欲行,忽闻岸上踏歌①声。
桃花潭②水深千尺,不及汪伦送我情。

① 踏歌:民间的一种歌唱形式,手拉手边走边唱,以脚步声为节拍。② 桃花潭:在今安徽泾县西南青弋江边。

闻王昌龄左迁①龙标,遥有此寄

扬州花落〔一〕子规啼,闻道龙标②过五溪。
我寄愁心与明月,随君直到夜郎西③。

〔一〕扬州花落:一作杨花落尽。

① 左迁:贬谪,降职。② 龙标:此处代指王昌龄,古时惯用官职、任职地名来代指人。③ 夜郎西:夜郎,唐时的县制。龙标在夜郎附近。

黄鹤楼送孟浩然之广陵

故人西辞黄鹤楼,烟花三月下扬州。
孤帆远影碧山尽,唯见长江天际流。

送贺宾客①归越

镜湖②流水漾清波,狂客③归舟逸兴多。
山阴道士如相见,应写黄庭换白鹅。

① 贺宾客:即贺知章,曾任太子宾客一职。② 镜湖:即鉴湖,在今浙江绍兴西南境内。③ 狂客:贺知章自号四明狂客。

送外甥郑灌从军三首

六博①争雄好彩来,金盘一掷万人开。
丈夫赌命报天子,当斩胡头衣锦回。

① 六博:古代一种赌博游戏。

丈八蛇矛出陇西,弯弧拂箭白猿啼。
破胡必用龙韬①策,积甲应将熊耳②齐。

① 龙韬:汉人托名姜太公吕尚著的兵书《太公六韬》分文、

武、龙、虎、豹、犬六韬，记周文王、武王问太公兵战之事。此处借以勉励出征的郑灌运用韬略。② 熊耳：山名。

月蚀西方破敌时，及瓜①归日未应迟。
斩胡血变黄河水，枭首当悬白鹊旗②。

① 及瓜：意谓瓜熟之时。② 白鹊旗：唐代献捷的一种军旗。

送韩侍御①之广德令②

昔日绣衣何足荣，今宵贳③酒与君倾。
暂就东山赊月色，酣歌一夜送泉明④。

① 韩侍御：即韩云卿。河南河阳（今河南孟县）人，韩愈叔父。② 广德令：今安徽广德县令。③ 贳（shì）：赊欠。④ 泉明：即陶渊明，此避唐高祖李渊名讳。以陶渊明代指韩侍御，同为县令故。

山中答俗人①

问余何意〔一〕栖碧山②，笑而不答心自闲。
桃花流水窅〔二〕然去，别有天地非人间。
〔一〕意：一作事。　〔二〕窅：一作宛。

① 俗人：指世俗中人。② 碧山：在今湖北安陆。

答湖州迦叶司马①问白是何人

青莲居士②谪仙人，酒肆藏名三十春。
湖州司马何须问，金粟如来是后身。

① 迦叶司马：迦叶为复姓，司马为州郡长官之佐。② 青莲居士：李白自号。

酬崔侍御①

严陵②不从万乘③游，归卧空山钓碧流。
自是客星辞帝坐，元非太白醉扬州。

① 崔侍御：即崔成甫，京兆长安（今陕西西安）人，官校书郎，贬湘阴。② 严陵：严光，字子陵。此处以严陵自比。③ 万乘：代指皇帝。

鲁东门①泛舟二首

日落沙明天倒开，波摇石动水萦回。
轻舟泛月寻溪转，疑是山阴雪后来②。

① 鲁东门：指兖（yǎn）州东门。② 山阴雪后来：指东晋书法家王子猷雪夜访戴安道一事。王子猷在雪夜突然想起了朋友戴安

道，便连夜乘舟前往，然而在到达戴安道门前时，又掉头回去了。他解释自己的行为乃是"乘兴而行，兴尽而返"。

水作青龙盘石堤，桃花夹岸鲁门西。
若教月下乘舟去，何啻风流到剡溪①。

① 剡溪：东晋戴安道隐居地，在今浙江嵊州。

陪族叔刑部侍郎晔及中书贾舍人至游洞庭五首

洞庭西望楚江①分，水尽南天不见云。
日落长沙秋色远，不知何处吊湘君②。

① 楚江：指长江。② 湘君：湘水之神。传说舜之二妃娥皇、女英死于湘江，谓之湘君。

南湖①秋水夜无烟，耐可乘流直上天。
且就洞庭赊月色，将船买酒白云边。

① 南湖：指洞庭湖。

洛阳才子①谪湘川，元礼②同舟月下仙。
记得长安还欲笑，不知何处是西天。

① 洛阳才子：指贾谊。此处以贾谊比贾至，两人都是洛阳人。
② 元礼：东汉河南尹李膺，字元礼。曾贬湖南。

洞庭湖西秋月辉，潇湘江北早鸿飞。
醉客满船歌白纻①，不知霜露入秋衣。

① 白纻：乐府清商调曲名。

帝子①潇湘去不还，空余秋草洞庭间。
淡扫明湖开玉镜，丹青画出是君山②。

① 帝子：此处指娥皇、女英。② 君山：即湘山，在洞庭湖中。

与谢良辅游泾川①陵岩寺

乘君素舸②泛泾西，宛似云门对若溪。
且从康乐③寻山水，何必东游入会稽。

① 泾川：即泾溪，在今安徽。② 素舸：没有华丽装饰的船。③ 康乐：指南北朝诗人谢灵运。

望庐山五老峰

庐山东南五老峰，青天削出金芙蓉。
九江秀色可揽结，吾将此地巢云松。

望天门山

天门中断楚江开,碧水东流直北回。
两岸青山相对出,孤帆一片日边来。

客中作

兰陵①美酒郁金香,玉碗盛来琥珀光。
但使主人能醉客,不知何处是他乡。

① 兰陵:即今山东苍山西南兰陵镇。

早发白帝城

朝辞白帝彩云间,千里江陵①一日还。
两岸猿声啼不住,轻舟已过万重山。

① 江陵:在今湖北荆州。

秋下荆门①

霜落荆门江树空,布帆无恙挂秋风。
此行不为鲈鱼脍②,自爱名山入剡中。

① 荆门：山名，在今湖北宜都西北。② 鲈鱼脍：相传晋时吴郡人张翰居住在洛阳，秋风起，因思念吴中莼羹、鲈鱼脍，辞官而归。

苏台①览古

旧苑荒台杨柳新，菱歌春唱不胜春。
只今唯有西江月，曾照吴王宫里人。

① 苏台：指姑苏台，故址在今江苏苏州姑苏山。

越中览古

越王勾践破吴归，义士还家尽锦衣。
宫女如花满春殿，只今唯有鹧鸪飞。

庐江主人妇

孔雀东飞何处栖，庐江小吏仲卿妻①。
为客裁缝石自见，城乌独宿夜空啼。

①"庐江"句：用汉乐府民歌《孔雀东南飞》中焦仲卿妻子代指庐江主人妇。

山中与幽人①对酌

两人对酌山花开,一杯一杯复一杯。
我醉欲眠卿且去②,明朝有意抱琴来。

① 幽人:隐居的高士。② "我醉"句:化用陶渊明与人饮酒,对客人说"我醉欲眠,卿可去"典故。

与史郎中饮,听黄鹤楼上吹笛

一为迁客去长沙①,西望长安不见家。
黄鹤楼中吹玉笛,江城②五月落梅花③。

① "一为"句:指贾谊被贬谪长沙王太傅。② 江城:指湖北武汉。③ 落梅花:指笛曲《梅花落》。

白胡桃①

红罗袖里分明见,白玉盘中看却无。
疑是老僧休念诵,腕前推下水精珠。

① 白胡桃:形似核桃而小,外壳坚硬,因从西北少数民族地区引进而得名。

巫山枕障①

巫山枕障画高丘，白帝城边树色秋。
朝云夜入无行处，巴水横天更不流。

① 枕障：犹枕屏，放置在床头的小型屏风。

庭前晚开花

西王母桃种我家，三千阳春始一花①。
结实苦迟为人笑，攀折唧唧长咨嗟②。

①"三千"句：出自《汉武内传》中王母"此桃三千年一开花，三千年一结果"之句。②咨嗟：叹息。

军行

骝马新跨〔一〕白玉鞍，战罢沙场月色寒。
城头铁鼓声犹震，匣里金刀血未干。

〔一〕跨：一作夸。

从军行

百战沙场碎铁衣,城南已合数重围。
突营射杀呼延①将,独领残兵千骑归。

① 呼延:匈奴四大贵族的姓氏之一,此指敌军的悍将。

春夜洛城闻笛

谁家玉笛暗飞声,散入春风满洛城①。
此夜曲中闻折柳②,何人不起故园情。

① 洛城:即今河南洛阳。② 折柳:即《折杨柳》笛曲。

流夜郎闻酺①不预②

北阙③圣人歌太康,南冠君子④窜遐荒。
汉酺⑤闻奏钧天乐,愿得风吹到夜郎。

① 酺(pú):命令特许的大聚饮。② 预:参加。③ 北阙:指皇城朝廷。④ 南冠君子:囚徒,此李白自称。⑤ 汉酺:汉时之酺,此处以汉代唐,指唐肃宗至德二载十二月下制大赦,赐酺五日之事。

宣城①见杜鹃花

蜀国曾闻子规鸟,宣城还见杜鹃花。
一叫一回肠一断,三春②三月忆三巴③。

① 宣城:今属安徽。② 三春:指孟春、仲春、季春。③ 三巴:指巴郡、巴东、巴西三郡,此代指蜀国。

长门怨①二首

天回北斗挂西楼,金屋②无人萤火流。
月光欲到长门殿,别作深宫一段愁。

① 长门怨:乐府曲名。汉武帝陈皇后失宠后居长门宫,请司马相如为之作《长门赋》,帝见而复亲幸,后人据之作《长门怨》曲。② 金屋:金屋藏娇事,汉武帝未即位前曾言"若得阿娇作妇,当作金屋贮之"。

桂殿长愁不记春,黄金四屋起秋尘。
夜悬明镜青天上,独照长门宫里人。

春怨

白马金羁辽海东,罗帷绣被卧春风。
落月低轩窥烛尽,飞花入户笑床空。

陌上赠美人

骏马骄行踏落花,垂鞭直拂五云车①。
美人一笑褰②珠箔③,遥指红楼是妾家。

① 五云车:传说中仙人所乘的五彩云车,此指美人所乘的华美车驾。② 褰(qiān):提起、撩起。③ 珠箔(bó):珠帘。

口号①吴王舞人半醉

风动荷花水殿香,姑苏台上宴吴王。
西施醉舞娇无力,笑倚东窗白玉床。

① 口号:即口占,意为随口吟成。

赠段七娘

罗袜凌波生网尘,那能得计访情亲。
千杯绿酒何辞醉,一面红妆恼杀人。

别内①赴征三首

王命三征去未还,明朝离别出吴关。
白玉高楼看不见,相思须上望夫山。

① 别内：别妻。

出门妻子强牵衣，问我西行几日归。
来时倘佩黄金印①，莫见苏秦不下机②。

① 黄金印：指官至丞相。②"莫见"句：反用苏秦归家"妻不下织机、嫂不为炊饭"典故，体现李白远大的政治理想和其妻子不慕荣华富贵的品德。

翡翠为楼金作梯，谁人独宿倚门啼。
夜泣寒灯连晓月，行行泪尽楚关西。

南流夜郎寄内

夜郎天外怨离居，明月楼中音信疏。
北雁春归看欲尽，南来不得豫章书①。

① 豫章书：指李白妻子的书信。豫章，地名，代妻子。

哭晁卿衡①

日本晁卿辞帝都，征帆一片绕蓬壶②。
明月不归沉碧海，白云愁色满苍梧。

① 晁卿衡：即晁衡，日本高僧的汉名，原名阿倍仲麻吕。② 蓬壶：指蓬莱、方壶两座传言东海中的仙山。

杜工部七绝

一百五首

赠李白

秋来相顾尚飘蓬,未就丹砂愧葛洪。
痛饮狂歌空度日,飞扬跋扈为谁雄。

萧八明府实〔一〕处觅桃栽

奉乞桃栽一百根,春前为送浣花村。
河阳县里①虽无数,濯锦江边未满园。

〔一〕实:一作堤。

① 河阳县里:西晋潘岳为河阳令,遍树桃李,有"河阳一县花"之称,是为数不多的用花来比喻其样貌的美男子之一。

从韦二明府①续处觅绵竹

华轩蔼蔼他年到②,绵竹亭亭出县高。
江上舍前无此物,幸分苍翠拂波涛。

① 明府:唐多称县令为明府。②"华轩"句:指杜甫自称他年曾到过韦明府的官署。华轩,此指韦明府的官署。

凭^①何十一少府邕^②觅桤木栽

草堂堑^③西无树林,非子谁复见幽心。
饱闻桤木^④三年大,与致溪边十亩阴。

① 凭:依托,托请。② 何十一少府邕(yōng):何邕,行第十一,曾任利州绵谷县县尉。③ 堑(qiàn):绕城水,此指草堂边的水沟。④ 桤(qī)木:四川地区生长的一种树木。

诣徐卿觅果栽

草堂少花今欲栽,不问绿李与黄梅。
石笋街中却归去,果园坊里为求来。

凭韦少府班^①觅松树子

落落出群非榉柳^②,青青不朽岂杨梅。
欲存老盖千年意,为觅霜根数寸栽。

① 韦少府班:韦班,曾任涪江县尉。② 榉(jǔ)柳:落叶乔木,高可及松,易凋。

又于韦处乞大邑瓷碗〔一〕

大邑①烧瓷轻且坚,扣如哀玉锦城传。
君家白碗胜霜雪,急送茅斋也可怜。

〔一〕钱注:《元和郡国志》:邛州大邑县,本汉江源县地,咸通二年,割晋原县之西界置。

① 大邑:大邑窑在今四川大邑,是唐代四川地区白瓷产地之一。

绝句漫兴九首

眼见客愁愁不醒,无赖春色到江亭。
即遣花开深造次,便教莺语太丁宁。

手种桃李非无主,野老①墙低还是家。
恰似春风相欺得,夜来吹折数枝花。

① 野老:村野的百姓,此为杜甫自称。

熟知茅斋绝低小,江上燕子故来频。
衔泥点污琴书内,更接飞虫打著人。

二月已破三月来,渐老逢春能几回。
莫思身外无穷事,且尽生前有限杯。

肠断江春欲尽头，杖藜①徐步立芳洲。
颠狂柳絮随风去，轻薄桃花逐水流。

① 杖藜（lí）：拄着手杖行走。

懒慢无堪不出村，呼儿日在掩柴门。
苍苔浊酒林中静，碧水春风野外昏。

糁径杨花①铺白毡，点溪荷叶叠青钱。
笋根稚子无人见，沙上凫雏傍母眠。

① 糁（sǎn）径杨花：杨花散落的小路。

舍西柔桑叶可拈，江畔细麦复纤纤。
人生几何春已夏，不放香醪如蜜甜。

隔户杨柳弱袅袅①，恰似十五女儿腰。
谁谓朝来不作意②，狂风挽断最长条。

① 袅（niǎo）袅：细长柔美的样子。② 不作意：不注意。

春水生二绝

二月六夜春水生①，门前小滩〔一〕浑②欲平。
鸬鹚③鸂鶒④莫漫喜，吾与汝曹⑤俱眼明。

〔一〕滩：一云篱。

①春水生:犹言春水涨,春汛至。②浑:简直。③鸬鹚(lú cí):一种水鸟,俗叫"鱼鹰"。④鸂鶒(xī chì):一种水鸟,形似鸳鸯而稍大。⑤汝曹:尔辈,你们。

一夜水高二尺强,数日不可更禁当。
南市津头有船卖,无钱即买系篱旁。

少年行二首

莫笑田家老瓦盆,自从盛酒长儿孙。
倾银注玉〔一〕①惊人眼,共醉终同卧竹根。

〔一〕玉:钱笺本作瓦。

①倾银注玉:银指银壶,玉指玉盏。

巢燕养雏浑去尽,江花结子已无多。
黄衫年少来宜数①,不见堂前东逝波。

①数(shuò):屡次,多次。

少年行

马上谁家白面郎,临阶下马踏人床。
不通姓字粗豪甚,指点银瓶索酒尝。

赠花卿

锦城丝管日纷纷,半入江风半入云。
此曲只应天上有,人间能得几回闻。

李司马桥了①承高使君②自成都回〔一〕

向来③江上手纷纷,三日功成事出群。
已传童子骑青竹,总拟桥东待使君。

〔一〕上有《陪李七司马皂江上观造竹桥》二诗,一七律,一五律,今另抄于五、七律中,此题遂不可解。

① 李司马桥了:李司马负责的桥建造完成。② 高使君:即高适,时任蜀州刺史。③ 向来:不久前,过去。

江畔独步寻花七绝句

江上被①花恼不彻②,无处告诉只颠狂。
走觅南邻爱酒伴,经旬出饮独空床。
○自注:斛斯融,吾酒徒。

① 被:覆盖之意。② 彻:尽。

稠花乱蕊①畏②江滨，行步欹危③实怕春。
诗酒尚堪驱使在，未须料理白头人。

① 稠花乱蕊：浓密散乱的花蕊。② 畏：通"隈"，山水弯曲处。③ 欹（qī）危：倾斜不稳。

江深竹静两三家，多事红花映白花。
报答春光知有处①，应须美酒送生涯。

① 处：方法，办法。

东望少城①花满烟，百花高楼更可怜。
谁能载酒开金盏，唤取佳人舞绣筵。

① 少城：古城名，在今四川成都城西部。

黄师塔前江水东，春光懒困倚微风。
桃花一簇开无主，可爱深红爱浅红。

黄四娘家花满蹊①，千朵万朵压枝低。
留连戏蝶时时舞，自在娇莺恰恰啼。

① 蹊（xī）：小路。

不是看花即索〔一〕死，只恐花尽老相催。
繁枝容易纷纷落，嫩叶〔二〕商量细细开。
〔一〕索：一作欲。　〔二〕叶：一作蕊。

重赠郑炼绝句

郑子将行罢使臣,囊无一物献尊亲。
江山路远羁离日,裘马谁为感激人。

中丞严公雨中垂寄见忆一绝,奉答二绝

雨映行宫辱①赠诗〔一〕,元戎肯赴野人②期。
江边老病虽无力,强拟晴天理钓丝。

〔一〕钱笺:《国史补》:蜀郡有万里桥,玄宗至而喜曰:"吾自知行地万里则归。"公草堂在万里桥,当与行宫相近。张说《奉和早渡蒲关》诗:"楼映行宫日。"

① 辱:谦辞,表示承蒙。② 野人:作者自称。

何日雨晴云出溪,白沙青石先〔一〕无泥。
只须伐竹开荒径,倚杖穿花听马嘶。
〔一〕先:一作洗。

谢严中丞①送青城山道士乳酒一瓶

山瓶乳酒下青云②,气味浓香幸见分。
鸣鞭走送怜渔父③,洗盏开尝对马军〔一〕。
〔一〕自注:军州谓驱使骑为马军。

①严中丞：严武。②下青云：指来自青城山道观。③渔父：杜甫自称，杜甫居浣花溪边，故称。

三绝句

楸树馨香倚钓矶①，斩新花蕊未应飞。
不如醉里风吹尽，可忍②醒时雨打稀。

①钓矶（jī）：钓鱼的石台。②可忍：怎忍。

门外鸬鹚去不来，沙头忽见眼相猜。
自今已后知人意，一日须来一百回。

无数春笋满林生，柴门密掩断人行。
会须①上番看成竹，客至从嗔②不出迎。

①会须：应须，应当。②从嗔（chēn）：任由他嗔怪。

戏为六绝句

庾信文章老更成①，凌云健笔意纵横。
今人嗤点流传赋，不觉前贤畏后生。

杨王卢骆②当时体,轻薄为文哂未休。
尔曹身与名俱灭,不废江河万古流。

①"庾信"句:庾信晚年文章寄慨遥深,穷南北之胜。庾信(513—581),字子山,由南朝入北朝,仕至北朝。②杨王卢骆:指杨炯、王勃、卢照邻、骆宾王,合称"初唐四杰"。

纵使卢王①操翰墨,劣于汉魏近风骚②。
龙文虎脊③皆君驭,历块过都④见尔曹。

①卢王:初唐四杰之卢照邻、王勃。②汉魏近风骚:以汉魏三曹七子为代表的建安文风。③龙文虎脊:均为良马名,此指文采卓越。④历块过都:良马越过都邑如历块土片,意指纵横驰骋,施展才能。

才力应难跨数公,凡今谁是出群雄。
或①看翡翠兰苕②上,未掣鲸鱼碧海中。

①或:间或,偶尔。②兰苕(tiáo):兰花。

不薄今人爱古人,清词丽句必为邻。
窃攀屈宋宜方驾①,恐与齐梁作后尘。

①方驾:并驾齐驱。

未及前贤更勿疑,递相祖述①复先谁?
别裁伪体亲风雅②,转益多师是汝师。

①祖述:承袭效法前人而述作。②亲风雅:继承《诗经》的优良传统。

答杨梓州

闷到杨公池水头,坐①逢杨子镇兼州。
却向青溪不相见,回船应载阿戎游。

① 坐:正,恰好。

得房公池鹅

房相西池鹅一群,眠沙泛浦白于云。
凤凰池上应回首,为报笼随王右军。

官池春雁二首

自古稻粱①多不足,至今鸂鶒乱为群。
且休怅望看春水,更恐归飞隔暮云。

① 稻粱:谷物,此指谋求生计。

青春欲尽急还乡,紫塞①宁论尚有霜。
翅在云天终不远,力微矰缴②绝须防。

① 紫塞:在雁门关下,寒冷北地。② 矰缴(zēng zhuó):猎取飞鸟的工具。系有丝绳,射飞鸟的短箭。

投简梓州幕府兼简韦十郎官

幕下郎官安稳无,从来不奉一行书。
固知贫病人须弃,能使韦郎迹也疏。

戏作寄上汉中王二首[一]

云里不闻双雁过,掌中贪看一珠新①。
秋风袅袅吹江汉,只在他乡何处人。

〔一〕自注:王新诞明珠。

① 一珠新:指汉中王李瑀新得一女。

谢安舟楫风还起,梁苑池台雪欲飞。
杳杳东山携妓去,泠泠修竹待王归。

黄河二首

黄河北岸海西军①,椎鼓鸣钟天下闻。
铁马长鸣不知数,胡人高鼻动成群。

① 海西军:唐代在青海一带设置抵御吐蕃的防线,时已陷于吐蕃。

黄河南岸是吾蜀,欲须供给家无粟。
愿驱众庶戴君王,混一车书①弃金玉。

① 混一车书:《礼记·中庸》有"今天下车同轨,书同文",表示文物制度划一,天下一统。

绝句四首

堂西长笋别开门,堑①北行椒却背村。
梅熟许同朱老吃,松高拟对阮生论。
〇自注:朱、阮,剑外相知。

① 堑(qiàn):沟壑。

欲作鱼梁云覆湍,因惊四月雨声寒。
青溪先有蛟龙窟,竹石如山不敢安。

两个黄鹂鸣翠柳,一行白鹭上青天。
窗含西岭千秋雪,门泊东吴万里船。
〇自注:西山白雪,四时不消。

药条药甲①润青青,色过棕亭入草亭。
苗满空山惭取誉,根居隙地怯成形。

① 药条药甲:药草的茎与芽。

奉和严公军城早秋

秋风袅袅动高旌①,玉帐分弓射虏营。
已收滴博②云间戍,更夺蓬婆③雪外城。

① 高旌:高高飘扬的旗子。② 滴博:即滴博岭,在今四川。
③ 蓬婆:即蓬婆山,在今云南。

三绝句

前年渝州①杀刺史,今年开州杀刺史。
群盗相随剧虎狼,食人更肯留妻子。

① 渝州:古代地名,即今重庆。

一十一家同入蜀,惟残一人出骆谷。
自说二女啮臂时,回头却向秦云哭。

殿前兵马虽骁雄,纵暴略与羌浑同。
闻道杀人汉水上,妇女多在官军中。

存没口号二首①

席谦②不见近弹棋,毕曜③仍传旧小诗。
玉局他年无限笑,白杨今日几人悲。

○自注：道士席谦，善弹棋，故曰玉局。

① 存没：每首诗中的人物，一生一死。② 席谦：席谦为吴人，曾为道士，擅长弹棋，时仍存。③ 毕曜（yào）：曾任郭子仪掌书记和监察御史，时已殁。

郑公①粉绘随长夜，曹霸②丹青已白头。
天下何曾有山水，人间不解重骅骝。
○自注：高士荥阳郑虔善画山水，曹霸善画马也。

① 郑公：荥阳郑虔，善画山水，时已殁。② 曹霸：曹霸善画马，时年老仍存。③ 骅骝（huá liú）：泛指骏马。

夔州歌十绝句

中巴之东巴东山，江水开辟流其间。
白帝高为三峡镇，瞿塘险过百牢关。

白帝夔州各异城，蜀江楚峡混殊名。
英雄割据非天意，霸主并吞在物情①。

① 物情：指人心所向。

群雄竞起问前朝，王者无外见今朝。
比讶①渔阳结怨恨，元听舜日②旧箫韶③。

① 比讶：近来惊讶。② 舜日：指太平盛日。③ 箫韶：相传舜

作乐曲《箫韶》，后泛指宫廷音乐，用于称颂帝王。

赤甲白盐①俱刺天，闾阎②缭绕接山巅。
枫林橘树丹青合，复道③重楼锦绣悬。

① 赤甲白盐：赤甲、白盐均为山名。② 闾阎（lú yán）：里巷民居。③ 复道：楼阁间的空中通道。

瀼东瀼西一万家，江南江北春冬花。
背飞鹤子遗琼蕊，相趁①凫雏入蒋牙②。

① 相趁：互相追逐。② 蒋牙：一种菰类植物。

东屯稻畦一百顷，北有涧水通青苗。
晴浴狎鸥①分处处，雨随神女下朝朝。

① 狎（xiá）鸥：亲近鸥鸟，比喻淡泊隐居，不以世事为怀。

蜀麻吴盐自古通，万斛①之舟行若风。
长年三老②长歌里，白昼摊钱③高浪中。

① 万斛（hú）：极言容量之多。② 长年三老：古时川峡一带对舵手、篙师的敬称。③ 摊钱：一种赌博游戏。

忆昔咸阳都市合，山水之图张卖时。
巫峡曾经宝屏见，楚宫犹对碧峰疑。

武侯祠堂不可忘，中有松柏参天长。
干戈满地客愁破，云日如火炎天凉。

阆风元圃与蓬壶①,中有高唐天下无。
借问夔州压何处,峡门江腹拥城隅。

①"阆(láng)风"句:指阆风、元圃、蓬壶三者皆为道家仙人所居仙境。

解闷十二首

草阁柴扉星散居,浪翻江黑雨飞初。
山禽引子哺红果,溪女得钱留白鱼。

商胡①离别下扬州,忆上西陵故驿楼〔一〕。
为问淮南②米贵贱,老夫乘兴欲东游。

〔一〕钱笺:《水经注》:浙江,又径固陵城北,今之西陵也,有西陵湖,亦谓之西城湖。《会稽志》云:西陵城,在萧山县西二十里,谢惠连有《西陵阻风献康乐》诗,吴越改曰西兴,东坡诗"为传钟鼓到西兴"是也。《浙江通志》:西陵城,吴越改为西陵驿。按,白乐天《答微之泊西陵驿见寄》云:"烟波尽处一点白,应是西陵古驿台。"则西陵旧有驿,至吴越始改西兴耳。

①淮南:唐淮南道,扬州属于淮南道的广陵郡。

一辞故国①十经秋,每见秋瓜忆故丘。
今日南湖采薇蕨②,何人为觅郑瓜州③。

○自注:今郑秘监审。钱笺:《水经注》:长安第二门,本名霸城门,民见门色青,又名青门。门外旧出佳瓜,是以阮籍诗曰:"昔闻东陵瓜,近在青门外。"南出东头第一门,本名覆盎门,其南有下杜城,应劭曰:"故杜陵之下聚落也",故曰下杜门。

① 故国：指长安。② 采薇蕨：伯夷、叔齐曾于首阳山采薇，此喻杜甫困窘的处境。③ 郑瓜州：郑审，其居在瓜州村，杜甫曾居城南，上文"忆故丘"，亦念故人郑审。

沈范①早知何水部②，曹刘③不待薛郎中。
独当省署开文苑，兼泛沧浪学钓翁。
〇自注：水部郎中薛据。

① 沈范：沈约和范云，南朝梁文人。② 何水部：何逊，曾兼尚书水部郎。③ 曹刘：曹植和刘桢，曹魏诗人。

李陵苏武是吾师，孟子①论文更不疑。
一饭未曾留俗客，数篇今见古人诗。
〇自注：校书郎云卿。

① 孟子：指校书郎孟卿云，杜甫友人。

复忆襄阳孟浩然，清诗句句尽堪传。
即今耆旧①无新语，漫钓槎②头缩项鳊。

① 耆（qí）旧：年高望重者。② 槎（chá）：木筏。

陶冶性灵存底物，新诗改罢自长吟。
孰知二谢①将能事，颇学阴何②苦用心。

① 二谢：指南北朝诗人谢灵运、谢朓。② 阴何：指南北朝诗人阴铿、何逊。

不见高人王右丞①，蓝田丘壑漫寒藤。

最传秀句寰区②满，未绝风流相国能。
〇自注：右丞弟，今相国缙。

① 王右丞：指王维，曾任尚书右丞。② 寰（huán）区：人世间。

先帝贵妃①今寂寞，荔枝还复入长安。
炎方每续朱樱②献，玉座应悲白露团。

① 先帝贵妃：指唐玄宗与杨贵妃。② 朱缨：樱桃。

忆过泸戎①摘荔枝，青枫隐映石逶迤。
京华应见无颜色，红颗酸甜只自知。

① 泸戎：泸州与戎州，在今四川泸州一带与四川宜宾一带。

翠瓜碧李沉玉甃①，赤梨葡萄寒露成。
可怜先不异枝蔓②，此物娟娟长远生③。

① 玉甃（zhòu）：玉石砌成的井。② 枝蔓（wàn）：指瓜果有的长在枝上，有的生于藤蔓。③ 长远生：此指瓜果来自路途遥远的地方。

侧生①野岸及江蒲〔一〕，不熟丹宫满玉壶。
云壑布衣鲐背②死，劳人害马翠眉③须。

〔一〕蒲：一作浦。　〇按，后四首专咏荔枝，不知何以与前八首同为《解闷》之诗。

① 侧生：荔枝的别称。因左思《蜀都赋》有"旁挺龙目，侧生荔枝"得名。② 鲐（tái）背：指老人。③ 翠眉：代指杨贵妃。

承闻河北诸道节度入朝欢喜口号绝句十二首

禄山作逆降天诛,更有思明亦已无。
汹汹①人寰犹不定,时时战斗欲何须。

① 汹汹:骚乱不宁的样子。

社稷苍生计必安,蛮夷杂种错相干〔一〕。
周宣汉武①今王是,孝子忠臣后代看。
〔一〕钱笺:《旧书》:安禄山,营州柳城杂种胡人也,本无姓氏,名轧荦山。史思明,本名窣干,营州宁夷州突厥杂种胡人也。

① 周宣汉武:指周宣王姬靖与东汉光武帝刘秀,两人分别为周、汉中兴之王。

喧喧道路好童谣,河北将军尽入朝。
自〔一〕是乾坤王室正,却教江汉客①魂销②。
〔一〕自:钱本作始。

① 江汉客:杜甫自称。② 魂销:形容极度欢乐激动。

不道诸公无表来,茫茫庶事遣人猜。
拥兵相学干戈锐,使者徒劳百万回。

鸣玉锵金尽正臣,修文偃武①不无人。
兴王会静妖氛气,圣寿宜过一万春。

① 修文偃(yǎn)武:倡导文教,止息武备。

英雄见事若通神，圣哲为心小一身。

燕赵休矜出佳丽，宫闱不拟选才人。

　〇钱笺：天兴圣节，诸道节度使献金帛、器用、珍玩、骏马为寿，共直缗钱二十四万。常衮上言，请却之，不听。此诗称颂圣哲，实则讽谕代宗当却诸道之进奉也。

抱病江天白首郎[1]，空山楼阁暮春光。

衣冠是日朝天子，草奏何时入帝乡。

① 白首郎：白发之人，指杜甫。

澶漫[1]山东一百州，削成如桉[2]抱青丘。

包茅[3]重入归关内，王祭还供尽海头。

① 澶漫：宽长广远的样子。② 削成如桉：意为已经平定动乱。③ 包茅：祭祀所用的束捆的茅草，此指进贡。

东逾辽水北滹沱[1]，星象风云喜共和。

紫气关临天地阔，黄金台贮俊贤多。

① 滹沱（hū tuó）：水名，即滹沱河，是海河水系的主要河流之一。

渔阳突骑邯郸儿，酒酣并辔[1]金鞭垂。

意气即归双阙[2]舞，雄豪复遣五陵知。

① 并辔（pèi）：骑马并驱。② 双阙：指长安。

李相将军拥蓟门，白头惟有赤心存。

竟能尽说诸侯入，知有从来天子尊。

十二年来多战场,天威已息阵堂堂。
神灵汉代中兴主①,功业汾阳异姓王②。

① 汉代中兴主:此处以中兴汉室的光武帝指代唐代宗。② 汾阳异姓王:指郭子仪,异姓受封为汾阳郡王。

上卿翁请修武侯庙遗像缺落时崔卿权夔州

大贤①为政即多闻,刺史真符不必分。
尚有西郊诸葛庙,卧龙无首对江渍②。

① 大贤:指杜甫的堂舅崔卿翁。② 江渍(fén):江滨,江岸。

喜闻盗贼总退口号五首〔一〕

萧关①陇水入官军,青海黄河卷塞云。
北极转愁龙虎气,西戎休纵犬羊群。
〔一〕钱本,盗贼下多蕃寇二字。

① 萧关:与灵州相近,在今宁夏。

赞普①多教使入秦,数通和好止烟尘。
朝廷忽用哥舒②将,杀伐虚悲公主亲。
○钱笺:开元二十九年,金城公主薨,吐蕃遣使告哀,仍请和，上不许。十二月，吐蕃袭石堡城，盖嘉运不能守，玄宗愤之，天宝七载，以哥舒翰为陇右节度使，攻而拔之。

① 赞普：吐蕃的君长。② 哥舒：即哥舒翰。

崆峒西极过昆仑，驼马由来拥国门。
逆气数年吹路断，蕃人闻道渐星奔①。

① 星奔：意指吐蕃兵败，奔散如星。

勃律①天西采玉河，坚昆碧碗最来多。
旧随汉使千堆宝，少答胡王万匹罗。

① 勃律：古西域国名。

今春喜气满乾坤，南北东西拱至尊。
大历三年调玉烛，玄元皇帝①圣云孙。

① 玄元皇帝：唐以老君为圣祖，封玄元皇帝。

漫成一绝

江月去①人只数尺，风灯照夜欲三更。
沙头宿鹭联拳②静，船尾跳鱼拨剌鸣。

① 去：距离。② 联拳：蜷缩的样子。

书堂饮既夜复邀李尚书下马月下赋绝句[一]

湖月林风相与清,残樽①下马复同倾。

久闻野鹤如霜鬓,遮莫②邻鸡下五更。

〔一〕前一首《宴胡侍御书堂》已抄于五律中,故此题曰"书堂饮既"。

① 残樽:剩酒。② 遮莫:尽管。

江南逢李龟年

岐王①宅里寻常见,崔九②堂前几度闻。

正是江南好风景,落花时节又逢君。

① 岐王:李范,本名李隆范,唐睿宗第四子,受封为岐王。② 崔九:本名崔涤,唐玄宗李隆基为其改为崔澄,任殿中监,唐玄宗宠臣,排行第九。

苏东坡七绝上

二百三首

郿坞

衣中甲厚行何惧,坞里金多退足凭。
毕竟英雄谁得似,脐脂自照不须灯①。

①"脐脂"句:董卓被杀后暴尸于市,人们在他的肚脐眼上安上灯芯,燃火作灯。

授经台〔一〕

剑舞有神通草圣,海山无事化琴工。
此台一览秦川小,不待传经意已空。
〔一〕自注:乃南山一峰耳,非复有筑处。

九月中曾题二小诗于南溪竹上,既而忘之,昨日再游,见而录之〔一〕

湖上萧萧疏雨过,山头霭霭暮云横。
陂塘①水落荷将尽,城市人归虎欲行。
〔一〕此题有五绝一首,未抄。

① 陂(bēi)塘:池塘。

濠州七绝

涂山[一]

川锁支祁水尚浑,地埋汪罔骨应存。

樵苏已入黄熊庙,乌鹊犹朝禹会村。

[一]自注:下有鲧庙,山前有禹会村。《唐·地理志》:濠州钟离县有涂山。《九域志》:当涂城,涂山氏之邑。

彭祖庙[一]

跨历商周看盛衰,欲将齿发斗蛇龟。

空餐云母连山尽,不见蟠桃著子时。

[一]自注:有云母山,云彭祖所采服也。

逍遥台[一]

常怪刘伶死便埋,岂伊忘死未忘骸。

乌鸢夺得与蝼蚁,谁信先生无此怀。

[一]自注:庄子祠堂在开元寺,即墓为堂。

观鱼台

欲将同异较锱铢,肝胆犹能楚越如。

若信万殊归一理,子今知我我知鱼。

虞姬墓

帐下佳人拭泪痕,门前壮士气如云。

仓黄①不负君王意,只有虞姬与郑君②。

① 仓黄:急迫匆忙之际。② 郑君:即郑荣,项羽旧臣。项羽死后,他被俘虏,刘邦命其改名为籍(项羽名),郑荣拒而不从,

遂被逐。

四望亭[一]

颓垣破础没柴荆，故老犹言短李①亭。
敢请使君重起废，落霞孤鹜换新铭。

〔一〕自注：太和中，刺史刘嗣之立。李绅以太子宾客分司东都，过濠为作记。记今存，而亭废者数年矣。

① 短李：唐代李绅短小精悍，诗最有名，时号短李。

浮山洞[一]

人言洞府是鳌宫，升降随波与海通。
共坐船中那得见，乾坤浮水水浮空。

〔一〕自注：洞在淮上，夏潦不能及，而冬不加高，故人疑其浮也。

初到杭州寄子由二绝[一]

眼看时事力难胜，贪恋君恩退未能。
迟钝终须投劾①去，使君何日换聋丞。

〔一〕自此以下，俘杭州以后之诗。

① 投劾（hé）：呈递弹劾自己的状文。古代弃官的一种方式。

圣明宽大许全身，衰病摧颓①自畏人。
莫上冈头苦相望，吾方祭灶请比邻②。

① 摧颓:失意,困顿。② 祭灶请比邻:《汉书·孙宝传》载,孙宝任朝中重臣,入住新居后为平息官场的嫉妒之意,借祭灶这一仪式,邀请四邻同聚。

吉祥寺赏牡丹

人老簪花不自羞,花应羞上老人头。
醉归扶路人应笑,十里珠帘半上钩。

吉祥寺僧求阁名

过眼荣枯电与风,久长那得似花红。
上人宴坐观空阁,观色观空色即空。

六月二十七日望湖楼醉书五首

黑云翻墨未遮山,白雨跳珠乱入船。
卷地风来忽吹散,望湖楼下水如天。

放生鱼鳖逐人来,无主荷花到处开。
水枕能令山俯仰,风船解与月裴回①。

① 裴回:同"徘徊"。

乌菱白芡不论钱，乱系青菰裹绿盘。
忽忆尝新会灵观，滞留江海得加餐。

献花游女木兰桡①，细雨斜风湿翠翘。
无限芳洲生杜若，吴儿不识楚辞招。

① 木兰桡（ráo）：用木兰树造的船。

未成小隐聊中隐①，可得长闲胜暂闲。
我本无家更安往，故乡无此好湖山。

① 小隐聊中隐：唐白居易《中隐》："大隐住朝市，小隐入丘樊。丘樊太冷落，朝市太喧嚣。不如作中隐，隐在留司官。"

夜泛西湖五绝

新月生魄迹未安，才破五六①渐盘桓。
今夜吐艳如半璧，游人得向三更看。

① 五六：初五初六。

三更向阑月渐垂，欲落未落景特奇。
明朝人事谁料得，看到苍龙西没时。

苍龙已没牛斗横，东方芒角升长庚①。
渔人收筒及未晓，船过惟有菰蒲声〔一〕。

〔一〕自注：湖上禁渔，皆盗钓者也。

① 升长庚：意指天将明。

菰蒲无边水茫茫，荷花夜开风露香。
渐见灯明出远寺，更待月黑看湖光。

湖光非鬼亦非仙，风恬浪静光满川。
须臾两两入寺去，就视不见空茫然。

沈谏议召游湖不赴，明日得双莲于北山下，作一绝，持献沈，既见和，又别作一首，因用其韵

湖上棠阴手自栽，问公更得几回来。
水仙亦恐公归去，故遣双莲一夜开。

诏书行捧缕金笺，乐府应歌相府莲。
莫忘今年花发处，西湖西畔北山前。

望海楼晚景五绝

海上涛头一线来，楼前指顾①雪成堆。
从今潮上君须上，更看银山二十回。

① 指顾：一指一瞥之间，形容时间的短暂、迅速。

横风吹雨入楼斜，壮观应须好句夸。
雨过潮平江海碧，电光时掣紫金蛇。

青山断处塔层层，隔岸人家唤欲应。
江上秋风晚来急，为传钟鼓到西兴。

楼下谁家烧夜香，玉笙哀怨弄初凉。
临风有客吟秋扇①，拜月无人见晚妆。

① 秋扇：喻妇女年老色衰而见弃。

沙河灯火照山红，歌鼓喧呼语笑中。
为问少年心在否，角巾欹侧①鬓如蓬。

① 欹（qī）侧：倾斜歪倒的样子。

八月十七复登望海楼，自和前篇。是日榜出，与试官两人复留五首

楼上烟云怪不来，楼前飞纸落成堆①。
非关文字须重看，却被江山未放回。

①"楼前"句：宋尤袤《全唐诗话》载，唐中宗正月在昆明池，命上官婉儿在群臣所作的百余篇中挑选一篇为新曲。不到一

会儿,纸片片飞落,只有沈佺期、宋之问的诗不落。

眼昏烛暗细行斜,考阅精强外已夸。
明日失杯君莫怪,早知安足不成蛇。

乱山遮晓拥千层,睡美初凉撼不应。
昨夜酒行君屡叹,定知归梦到吴兴。

天台桂子为谁香,倦听空阶夜点凉。
赖有明朝看潮在,万人空巷斗新妆。

秋花不见眼花红,身在孤舟兀兀中。
细雨作寒知有意,未教金菊出蒿蓬。

和陈述古拒霜花

千株扫作一番黄,只有芙蓉独自芳。
唤作拒霜知未称,细思却是最宜霜。

和沈立之留别二首

而今父老千行泪,一似当时初去时。
不用镌碑颂遗爱,丈人清德畏人知。

卧闻铙鼓①送归艎②,梦里匆匆共一觞。

试问别来愁几许,春江万斛若为量。

○自注:去时予在试院。

①铙(náo)鼓:铙和鼓。泛指打击的响器。②艎(huáng):船。

盐官①绝句四首

南寺千佛阁

古邑居民半海涛,师来构筑便能高。

千金用尽身无事,坐看香烟绕白豪。

①盐官:地名,在今浙江嘉兴。

北寺悟空禅师塔〔一〕

已将世界等微尘,空里浮花梦里身。

岂为龙颜更分别,只应天眼识天人。

〔一〕自注:名齐安,宣宗微时,师知其非凡人。

塔前古桧

当年双桧是双童,相对无言老更恭。

庭雪到腰埋不死,如今化作两苍龙。

僧爽白鸡〔一〕

断尾雄鸡本畏烹①,年来听法伴修行。

还须却置莲花漏,老怯风霜恐不鸣。

〔一〕自注:养二十余年,常立坐侧听经。

①"断尾"句：典出《左传·昭公二十二年》，周景王时，宾孟见有雄鸡把自己的尾巴弄断，询问侍者，侍者解释它害怕被当作祭品，所以自断其尾。后多以此典形容人因忧谗畏讥，自我隐晦，甘于无用。

六和寺冲师闸山溪为水轩

欲放清溪自在流，忍教冰雪落沙洲。
出山定被江潮涴①，能为山僧更少留。

① 涴（wò）：污染，弄脏。

冬至日独游吉祥寺

井底微阳回未回，萧萧寒雨湿枯荄①。
何人更似苏夫子，不是花时肯独来。

① 枯荄（gāi）：干枯的草根。

后十余日复至

东君意浅著寒梅，千朵深红未暇裁。
安得道人殷七七①，不论时节遣花开。

① 殷七七：名天祥，又名道筌，自称七七。身怀异术，游行天下。后以"殷七七"为咏方术之士的典故。

戏赠

惆怅沙河十里春，一番花老一番新。
小桥依旧斜阳里，不见楼中垂手人①。

① 垂手人：通晓舞乐的人。

和人求笔迹

麦光①铺几净无瑕，入夜青灯照眼花。
从此刬藤真可吊，半纡春蚓绾秋蛇。

① 麦光：纸名。

赠孙莘老七绝

嗟予与子久离群，耳冷心灰百不闻。
若对青山谈世事，当须举白①便浮君。

① 举白：指罚酒。白，用以罚酒的酒杯。

天目山前渌浸裾，碧澜堂下看衔舻。
作堤捍水非吾事，闲送苕溪入太湖。

夜来雨洗碧巑岏①，浪涌云屯绕郭寒。
闻有弁山何处是，为君四面竟求看。

① 巑岏（cuán wán）：高峻的山峰。

夜桥灯火照溪明，欲放扁舟取次行。
暂借官奴遣吹笛，明朝新月到三更。

三年京国厌藜蒿，长羡淮鱼压楚糟。
今日骆驼桥下泊，恣看修网出银刀。

乌程霜稻袭人香，酿作春风雪水光。
时复中之徐邈圣①，毋多酌我次公狂。

①"时复"句：晋陈寿《三国志·徐邈传》载，东汉末，曹操严令禁酒，尚书郎徐邈私饮酒醉，下属以事问询，他言"中圣人"。曹操知之大怒，度辽将军鲜于辅为之解释"好酒的人称清酒为圣人，浊酒为贤人"。后以"中圣人"指醉酒。

去年腊日访孤山，曾借僧窗半日闲。
不为思归对妻子，道人有约径须还。

王复秀才所居双桧二首

吴王①池馆遍重城,奇草幽花不记名。
青盖②一归无觅处,只留双桧待升平。

① 吴王:指五代十国时期的吴越王钱镠(liú)。② 青盖:汉制,宗室诸王车用青盖。此指吴越王亡国。

凛然相对敢相欺,直干临空未要奇。
根到九泉无曲处,世间惟有蛰龙知。

上元过祥符僧可久房,萧然无灯火

门前歌舞斗分朋,一室清风冷欲冰。
不把琉璃闲照佛,始知无尽本无灯。

饮湖上初晴后雨二首

朝曦迎客宴重冈,晚雨留人入醉乡。
此意自佳君不会,一杯当属水仙王〔一〕。
〔一〕自注:湖上有水仙王庙。

水光潋滟①晴方好,山色空濛雨亦奇。
欲把西湖比西子,淡妆浓抹总相宜。

① 潋滟(liàn yàn):水波荡漾的样子。

富阳妙庭观董双成故宅，发地得丹鼎，覆以铜盘，承以琉璃盆，盆既破碎，丹亦为人争夺持去，今独盘鼎在耳，二首

人去山空鹤不归，丹亡鼎在世徒悲。
可怜九转功成后，却把飞升乞内〔一〕芝。

〔一〕内：集作肉。

琉璃击碎走金丹，无复神光发旧坛。
时有世人来舐鼎，欲随鸡犬事刘安。

山村五绝

竹篱茅屋趁溪斜，春入山村处处花。
无象太平①还有象，孤烟起处是人家。

① 无象太平：即太平无象，谓太平盛世并无一定标志。

烟雨濛濛鸡犬声，有生何处不安生。
但令黄犊无人佩，布谷何劳也劝耕。

老翁七十自腰镰，惭愧青山笋蕨甜。
岂是闻韶解忘味①，尔来三月食无盐。

杖藜裹饭去匆匆，过眼青钱②转手空。
赢得儿童语音好，一年强半在城中③。

窃禄忘归我自羞,丰年底事汝忧愁。
不须更待飞鸢堕,方念平生马少游④。

① 闻韶解忘味:《论语·述而》载,孔子在齐闻韶乐、三月不知肉味。② 青钱:青苗钱。③ "赢得""一年"二句:大人带孩子进城,一年中大半时间奔波,小孩子学会了城里人的口音。④ "不须""方念"二句:汉代马援有大志,渴望建功立业。后见飞鸢堕,自己想及早抽身。此指苏轼有退出之意。

赠别

青鸟衔巾久欲飞,黄莺别主更悲啼①。
殷勤莫忘分携处,湖水东边凤岭西。

① "黄莺"句:唐代诗人戎昱与交之甚厚的官妓分别时,作歌词赠之,其中有"黄莺久住浑相识,欲别频啼四五声"二句。后用作情人分别的典故。

次韵代留别

绛蜡烧残玉斝①飞,离歌唱彻万行啼。
他年一舸鸱夷去,应记侬家旧姓西。

① 玉斝(jiǎ):酒杯的美称。

吉祥寺花将落而述古不至

今岁东风巧剪裁，含情只待使君来。
对花无信花应恨，直恐明年便不开。

述古闻之明日即来坐上复用前韵同赋

仙衣不用剪刀裁，国色初含〔一〕卯酒来。
太守问花花有语，为君零落为君开。
〔一〕含：一作酾。

宝山昼睡

七尺顽躯走世尘，十围便腹贮天真。
此中空洞浑无物，何止容君数百人。

席上代人赠别三首

凄音怨乱不成歌，纵使重来奈老何。
泪眼无穷似梅雨，一番匀了一番多。

天上麒麟岂混尘，笼中翡翠不由身。
那知昨夜香闺里，更有偷啼暗别人。

莲子擘开①须见臆②,楸枰③著尽更无期。
破衫却有重逢处,一饭何曾忘却时。

① 擘(bò)开:切开,裂开。② 臆:即薏。莲子的子称薏,薏中的青嫩胚芽即薏。③ 楸枰(qiū píng):棋盘,古时多用楸木制作,故名。

唐道人言天目山上俯视雷雨,每大雷电,但闻云中如婴儿声,殊不闻雷震也

已外浮名更外身,区区雷电若为神。
山头只作婴儿看,无限人间失箸人①。

① 失箸人:谓因受惊而失落手中的餐具。此指害怕雷电的人。晋陈寿《三国志·蜀志·先主传》:"是时曹公从容谓先主曰:'今天下英雄,惟使君与操耳。本初之徒,不足数也。'先主方食,失匕箸。"

追和子由去岁试举人洛下所寄五首
暴雨初晴楼上晚景

秋后风光雨后山,满城流水碧潺潺。
烟云好处无多子①,及取昏鸦未到间。

① 无多子:没有多少。

洛邑从来天地中，嵩高苍翠北邙红。
风流耆旧消磨尽，只有青山对病翁[一]。

〔一〕自注：谓富公也。

白汗翻浆①午景前，雨余风物便萧然。
应倾半熟鹅黄酒，照见新晴水碧天。

① 白汗翻浆：形容暴雨下到地面上的场景，大雨纷落如汗滴，落地后溅起泥浆。

疾雷破屋雨翻河，一扫清风未觉多。
应似画师吴道子，高堂巨壁写降魔①。

① 降魔：相传释迦牟尼在成佛前，曾与魔王进行激烈斗争，并取得胜利，佛教史上称为"降魔"。此指吴道子以"降魔"为主题作画。

客路三年不见山，上楼相对梦魂间。
明朝却踏红尘去，羞向清伊①照病颜。

① 清伊：指伊水，在河南洛阳。

佛日山荣长老方丈五绝

陶令思归久未成，远公不出但闻名。
山中只有苍髯叟①，数里萧萧管送迎。

① 苍髯（rán）叟：指松树。

千株玉槊①搀云立，一穗珠旒②落镜寒。
何处霜眉碧眼客，结为三友冷相看。

① 玉槊（shuò）：喻竹子如长矛笔挺直冲云霄。② 珠旒（liú）：比喻泉水如珠串泻落。

东麓云根露角牙，细泉幽咽走金沙。
不堪土肉埋山骨，未放苍龙浴渥洼①。

① 渥洼（wò wā）：传说是产神马之处，代骏马。

食罢茶瓯①未要深，清风一榻抵千金。
腹摇鼻息庭花落，还尽平生未足心。

① 茶瓯（ōu）：茶杯。

日射西廊午枕明，水沉①烧尽碧烟横。
山人睡觉无人见，只有飞蚊绕鬓鸣。

① 水沉：用沉香。

八月十五日看潮五绝

定知玉兔十分圆，已作霜风九月寒。
寄语重门休上钥，夜潮留向月中看。

万人鼓噪慑吴侬，犹似浮江老阿童①。

欲识潮头高几许,越山浑在浪花中。

① 老阿童:晋王濬小名阿童,平蜀以后,他造战船、练水军,后顺流东下灭了吴国。

江边身世两悠悠,久与沧波共白头。
造物亦知人易老,故教江水向西流。

吴儿生长狎①涛渊,冒利轻生不自怜。
东海若知明主意,应教斥卤②变桑田〔一〕。
〔一〕自注:是时新有旨,禁弄潮。

① 狎(xiá):亲近。② 斥卤:指盐碱地。

江神河伯两醯鸡①,海若东来气吐蜺。
安得夫差水犀手,三千强弩射潮低〔一〕。
〔一〕自注:吴越王尝以弓弩射潮头,与海神战,自尔水不近城。

① 醯(xī)鸡:生活在酒中的小虫,此比喻眼界狭隘的人。

临安三绝

将军树

阿坚泽畔菰蒲节①,玄德墙头羽葆桑②。
不会世间闲草木,与人何事管兴亡。

①"阿坚"句:晋苻坚家中池沼里的蒲长五丈,五节,如竹

形。②"玄德"句：刘备儿时曾对像小车盖的桑树说"吾必当乘此羽葆盖车"。帝王出行，仪仗中以鸟羽为饰的华盖车。

锦溪

楚人休笑沐猴冠，越俗徒夸翁子①贤。
五百年间异人出，尽将锦绣裹山川。

① 翁子：朱买臣，字翁子，汉武帝令其为会稽太守，守本邦。

石镜

山鸡舞破半岩云，菱叶开残野水春。
应笑武都山下土，枉教明月殉佳人。

陌上花三首〔一〕

游九仙山，闻里中儿歌《陌上花》，父老云：吴越王妃①每岁春必归临安，王以书遗妃曰："陌上花开，可缓缓归矣。"吴人用其语为歌，含思宛转，听之凄然，而其词鄙野，为易之云。

陌上花开蝴蝶飞，江山犹是昔人非。
遗民几度垂垂老，游女长歌缓缓归。

〔一〕并引。

① 吴越王妃：即吴越王钱俶的妻子。

陌上山花无数开，路人争看翠軿①来。

若为留得堂堂去,且更从教缓缓回。

① 翠𫐉(píng):古代一种有帷幔的车,多供妇女乘坐。

生前富贵草头露,身后风流陌上花。
已作迟迟君去鲁①,犹歌缓缓妾回家。

①"已作"句:此指钱俶降宋,已离开旧国入汴京朝宋。

九日,舟中望见有美堂上鲁少卿饮,以诗戏之,二首

指点云间数点红,笙歌正拥紫髯翁。
谁知爱酒龙山客,却在渔舟一叶中。

西阁珠帘卷落晖,水沉烟断佩声微。
遥知通德凄凉甚,拥髻无言怨未归①。

①"遥知""拥髻"二句:旧题汉伶玄《赵飞燕外传》附《伶玄自叙》载,其妾樊通德谈赵飞燕姊妹事,"以手拥髻,凄然泣下。"拥髻,用手拥发髻,形容愁苦的样子。

游诸佛舍,一日饮酽茶①七盏,戏书勤师壁

示病维摩元不病,在家灵运已忘家。
何须魏帝一丸药,且尽卢仝七碗茶②。

① 酽(yàn)茶：浓茶。② 卢仝(tóng)七碗茶：唐卢仝《谢孟谏议寄新茶》："一碗喉吻润，两碗破孤闷，三碗搜枯肠，惟有文字五千卷，四碗发轻汗，平生不平事，尽向毛孔散，五碗肌骨清，六碗通仙灵，七碗吃不得也，惟觉两腋习习清风生。"

金门寺中见李西台与二钱〔一〕唱和四绝句，戏用其韵跋之

帝城春日帽檐斜，二陆①初来尚忆家。
未肯将盐下莼菜，已应知雪似杨花。
〔一〕自注：惟演、易。

① 二陆：指陆机与其弟陆云。

平生贺老①惯乘舟，骑马风前怕打头。
欲问君王乞符竹，但忧无蟹有监州〔一〕。
〔一〕自注：皆世所传钱氏故事。

① 贺老：指贺知章，字季真。

西台①妙迹继杨风〔一〕，无限龙蛇洛寺中。
一纸清诗吊兴废，尘埃零落梵王宫。
〔一〕自注：凝式。

① 西台：即李建中，直集贤院，为西台御史。善古文八分行书。

五季①文章堕劫灰,升平格力未全回。
故知前辈宗徐庾②,数首风流似玉台。

① 五季:指后梁、后唐、后晋、后汉、后周五代。② 徐庾:指徐陵和庾信。

书双竹①湛师房二首

我本西湖一钓舟,意嫌高屋冷飕飕。
羡师此室才方丈,一炷清香尽日留。

① 双竹:杭州广严寺有双竹相比而生,举林皆然,故又名双竹寺。

暮鼓朝钟自击撞,闭门孤枕对残釭①。
白灰旋拨通红火,卧听萧萧雨打窗。

① 残釭:指将熄的灯。

和述古冬日牡丹四首

一朵妖红翠欲流,春光回照雪霜羞。
化工只欲呈新巧,不放闲花得少休。

花开时节雨连风,却向霜余染烂红。
漏泄春光私一物,此心未信出天工。

当时只道鹤林仙,能遣秋花发杜鹃。
谁信诗能回造化,直教霜枿①放春妍。

① 霜枿(niè):叶子枯萎的树木。

不分清霜入小园,故将诗律变寒暄。
使君欲见蓝关咏①,更倩②韩郎③为染根。

① 蓝关咏:指韩愈咏蓝关的诗《左迁至蓝关示侄孙湘》:"云横秦岭家何在,雪拥蓝关马不前。"② 倩:请,央求。③ 韩郎:韩湘,韩愈侄孙,韩老成之子。

吊天竺海月辩师三首

欲寻遗迹强沾裳,本自无生可得亡。
今夜生公讲堂月,满庭依旧冷如霜。

生死犹如臂屈伸,情钟我辈一酸辛。
乐天不是蓬莱客,凭仗西方作主人。

欲访浮云起灭因,无缘却见梦中身。
安心好住王文度①,此理何须更问人。

① 王文度：指晋王坦之。王坦之与沙门竺法师交谊深厚，相约谁先死当报此事。后竺法师忽来说"贫道已死"。后用作名士高僧生死交情的典故。

柳氏二外甥求笔迹二首

退笔①如山未足珍，读书万卷始通神。
君家自有元和脚②，莫厌家鸡更问人。

① 退笔：用旧的笔，秃笔。② 元和脚：指元和间侍书学士柳公权所创造的楷书书体，即后人所称的柳体。

一纸行书两绝诗，遂良须鬓已成丝。
何当火急传家法，欲见诚悬①笔谏时。

① 诚悬：柳公权（778—865），字诚悬，唐书法家。

钱道人有诗云"直须认取主人翁"，作两绝戏之

首断故应无断者，冰销那复有冰知。
主人若苦令侬认，认主人人竟是谁。

有主须还更有宾，不如无镜自无尘。
只从半夜安心后，失却当年觉痛人。

成都进士杜暹伯升出家名法通,往来吴中

欲识当年杜伯升,飘然云水一孤僧。
若教俯首随缰锁,料得如今似我能〔一〕。

〔一〕自注:柳子玉云:"通若及第,不过似我。"

监洞霄宫俞康直郎中所居四咏

退圃
百丈休牵上濑船,一钩归钓缩头鳊。
园中草木春无数,只有黄杨厄闰年〔一〕。

〔一〕自注:俗说黄杨一岁长一寸,遇闰退三寸。

逸堂
新第谁来作并邻,旧官宁复忆星辰。
请君置酒吾当贺,知向江湖拜散人①。

① 江湖拜散人:陆龟蒙(?—约881),字鲁望,时谓江湖散人。唐文学家。

遁轩
冠盖相望起隐沦,先生那得老江村。
古来真遁何曾遁,笑杀逾垣①与闭门。

① 逾垣:翻越墙头。

远楼

西山烟雨卷疏帘,北户星河落短檐。
不独江天解空阔,地偏心远似陶潜。

次韵沈长官三首

家山何在两忘归,杯酒相逢慎勿违。
不独饭山①嘲我瘦,也应糠核怪君肥。

① 饭山:饭颗山。唐李白《戏赠杜甫》:"饭颗山头逢杜甫,顶戴笠子日卓午。借问别来太瘦生,总为从前作诗苦。"此指作诗拘谨。

男婚已毕女将归,累尽身轻志莫违。
闻道山中食无肉,玉池清水自生肥。

造物知吾久念归,似怜衰病不相违。
风来震泽帆初饱,雨入松江水渐肥。

戏书吴江三贤画像三首

谁将射御教吴儿,长笑申公为夏姬。
却遣姑苏有麋鹿,更怜夫子得西施。
　　○自注:范蠡。

浮世功劳食与眠,季鹰真得水中仙。
不须更说知机早,直为鲈鱼也自贤。

○自注:张翰。

千首文章二顷田,囊中未有一钱看①。
却因养得能言鸭,惊破王孙金弹丸②。

○自注:陆龟蒙。

① 一钱看:形容生活清苦,银钱拮据。②"却因""惊破"二句:《吴郡志》载,陆龟蒙养鸭,有宦官经过养鸭场,用弹弓打死一只鸭。陆说此鸭能言,准备进献皇上,宦官惧,以金子赔偿,又问"此鸭何言?"陆曰:"常自呼其名。"

回先生过湖州东林,沈氏饮醉,以石榴皮书其家东老庵之壁云:"西邻已富忧不足,东老虽贫乐有余。白酒酿来因好客,黄金散尽为收书。"西蜀和仲闻而次其韵三首。东老,沈氏之老自谓也,湖人因以名之,其子偕作诗有可观者〔一〕

〔一〕按,王会回仙碑云:熙宁元年八月十九日,湖州归安县之东林,有隐君子沈思字持正,隐于东林,因以东老名焉,能酿十八仙白酒。一日,有客自称回道人,长揖东老曰:"知君白酒新熟,愿求一醉。"公命之坐,徐观其目,碧色粲然,光彩射人。与之语,无不通究,故知非尘埃中人也。因出与饮,自日中至暮,已饮数斗,殊无酒色。回曰:"久不游浙中,今为子有阴德,留诗赠子。"乃擘席上榴皮画字,题于庵壁。

世俗何知穷是病,神仙可学道之余。
但知白酒留佳客,不问黄公觅素书。

符离道士晨兴际，华岳先生尸解余。
忽见黄庭丹篆句，犹传青纸小朱书。

凄凉雨露三年后，仿佛尘埃数字余。
至用榴皮缘底事，中书君岂不中书①。

①"中书君"句：唐韩愈《毛颖传》载，皇上说："中书君老而秃，不任吾用。吾尝谓君中书，君今不中书邪！"中书君，喻指毛笔。中书，官名，中书令。

李行中醉眠亭三首

已向闲中作地仙，更于酒里得天全。
从教世路风波恶，贺监偏工水底眠①。

①"贺监"句：贺监，即贺知章。唐杜甫《饮中八仙歌》："知章骑马似乘船，眼花落井水底眠。"

君且归休我欲眠，人言此语出天然。
醉中对客眠何害，须信陶潜未若贤。

孝先风味也堪怜，肯为周公昼日眠。
枕曲①先生犹笑汝，枉将空腹贮遗编。

①枕曲：晋刘伶放浪嗜酒，作《酒德颂》叙饮酒之乐，其中有"枕曲藉糟，无思无虑，其乐陶陶"之语，后以"枕曲"为咏嗜酒之典。

单同年求德兴俞氏聚远楼诗三首

云山烟水苦难亲,野草幽花各自春。
赖有高楼能聚远,一时收拾与闲人。

无限青山散不收,云奔浪卷入帘钩。
直将眼力为疆界,何审人间万户侯。

闻说楼居似地仙,不知门外有尘寰。
幽人隐几寂无语,心在飞鸿灭没间。

次韵孙巨源寄涟水李盛二著作,并以见寄五绝〔一〕

南岳诸刘岂易逢,相望无复马牛风。
山公虽见无多子,社燕何由恋塞鸿〔二〕。
〔一〕此下密州之诗。　〔二〕自注:昔与巨源、刘贡父、刘莘老相遇于山阳,自尔契阔,惟巨源近者复相见于京口。

高才晚岁终难进,勇退当年正急流。
不独二疏为可慕,他时当有景孙楼〔一〕①。
〔一〕自注:巨源近离东海郡有景疏楼。

①"不独"句:西汉二疏(疏广、疏受),此处赞颂孙巨源。《汉书》疏广、疏受传载,二人均曾为太傅,后回乡,乡邻有困难,慷慨解囊散金,百姓爱戴。

漱石先生难可意〔一〕,啮毡校尉久无朋〔二〕。

应知客路愁无奈,故遣吟诗调李陵〔三〕。

〔一〕自注:谓巨源。　〔二〕自注:自谓。　〔三〕自注:谓李君也。

云雨休排神女车,忠州老病畏人夸。

诗豪正值安仁①在,空看河阳满县花〔一〕。

〔一〕自注:盛为邑宰。

① 安仁:潘岳,字安仁,为河阳令,结合当地风土,种桃李花。

胶西未到吾能说,桑柘①禾麻不见春。

不羡京尘骑马客,羡他淮月弄舟人。

① 桑柘(zhè):桑木与柘木,指农桑之事。

王莽

汉家殊未识经纶,入手功名事事新。

百尺穿成连夜井,千金购得解飞人。

董卓

公业平时劝用儒,诸公何事起相图。

只言天下无健者,岂信车中有布乎。

送赵寺丞寄陈海州

景疏楼上唤蛾眉,君到应先诵此诗。
若见孟公投辖①饮,莫忘冲雪送君时。

① 投辖:《汉书·陈遵传》载,陈遵(字孟公)嗜酒,留客饮,取宾客车辖投井中,客不得去。后指殷勤留客。

答陈述古二首

漫说山东第二州,枣林桑泊负春游。
城西亦有红千叶,人老簪花却自羞。

小桃破萼未胜春,罗绮丛中第一人。
闻道使君归去后,舞衫歌扇总生尘。
○自注:陈有小妓,述古称之。

和张子野见寄三绝句

过旧游
前生我已到杭州,到处长如到旧游。
更欲洞霄为隐吏,一庵闲地且相留。

见题壁

狂吟跌宕无风雅,醉墨淋浪不整齐。
应为诗人一回顾,山僧未忍扫黄泥①。

① 扫黄泥:用黄泥扫去壁上的题字。

竹阁见忆

柏堂南畔竹如云,此阁何人是主人。
但遣先生披鹤氅,不须更画乐天真①。

① 真:此指人的肖像。指竹阁中有白居易的肖像。

和文与可洋川园池三十首

湖桥

朱阑画柱照湖明,白葛乌纱曳履行。
桥下龟鱼晚无数,识君拄杖过桥声。

横湖

贪看翠盖拥红妆,不觉湖边一夜霜。
卷却天机云锦段,从教匹练写秋光。

书轩

雨昏石砚寒云色,风动牙签乱叶声。
庭下已生书带草,使君疑是郑康成。

冰池

不嫌冰雪绕池看，谁似诗人巧耐寒。
记得羲之洗砚处，碧琉璃下黑蛟蟠。

竹坞

晚节先生道转孤，岁寒唯有竹相娱。
粗才杜牧真堪笑，唤作军中十万夫。

荻浦

雨折霜干不耐秋，白花黄叶使人愁。
月明小艇湖边宿，便是江南鹦鹉洲。

蓼屿

秋归南浦蟪蛄鸣，霜落横湖沙水清。
卧雨幽花无限思，抱丛寒蝶不胜情。

望云楼

阴晴朝暮几回新，已向虚空付此身。
出本无心归亦好，白云还似望云人。

天汉台

漾水东流旧见经，银潢①左界上通灵。
此台试向天文觅，阁道②中间第几星。

① 银潢：指天河，银河。② 阁道：星名，属奎宿。

待月台

月与高人本有期,挂檐低户映蛾眉。
只从昨夜十分满,渐觉冰轮出海迟。

二乐榭

此间真趣岂容谈,二乐①并君已是三。
仁智更烦诃妄见,坐令鲁叟②作瞿昙③。
○自注:来诗云:"二见因妄生。"

① 二乐:指乐山、乐水。② 鲁叟:指孔子。③ 瞿昙:释迦牟尼的姓。

瀹泉亭

闻道池亭胜两川,应须烂醉答云烟。
劝君多拣长腰米,消破亭中万斛泉。

吏隐亭

纵横忧患满人间,颇怪先生日日闲。
昨夜清风眠北牖,朝来爽气在西山。

霜筠亭

解箨①新篁不自持,婵娟已有岁寒姿。
要看凛凛霜前意,须待秋风粉落时。

① 解箨(tuò):谓竹笋脱壳。

无言亭

殷勤稽首维摩诘,敢问如何是法门。
弹指未终千偈①了,向人还道本无言。

① 偈（jì）：佛经中的唱词。

露香亭

亭下佳人锦绣衣，满身璎珞缀明玑。
晚香消歇无寻处，花已飘零露已晞。

涵虚亭

水轩花榭两争妍，秋月春风各自偏。
惟有此亭无一物，坐观万景得天全。

溪光亭

决去湖波尚有情，却随初日动櫩楹。
溪光自古无人画，凭仗新诗与写成。

过溪亭

身轻步稳去忘归，四柱亭前野彴①微。
忽悟过溪还一笑，水禽惊落翠毛衣。

① 野彴（zhuó）：野外小桥。

披锦亭

烟红露绿晓风香，燕舞莺啼春日长。
谁道使君贫且老，绣屏锦帐咽笙簧。

禊亭

曲池流水细鳞鳞，高会传觞似洛滨。
红粉翠娥应不要，画船来往胜于人。

菡苕亭

日日移床趁下风，清香不尽思何穷。
若为化作龟千岁，巢向田田乱叶中。

荼蘼洞

长忆故山寒食夜，野荼蘼发暗香来。
分无素手簪罗髻，且折霜蕤浸玉醅。

赟筜谷

汉川修竹贱如蓬，斤斧何曾赦箨龙。
料得清贫馋太守，渭川千亩在胸中。

寒芦港

溶溶晴港漾春晖，芦笋生时柳絮飞。
还有江南风物否，桃花流水鲨鱼肥。

野人庐

少年辛苦事犁锄，刚厌青山绕故居。
老觉华堂无意味，却须时到野人庐。

此君庵

寄语庵前抱节君，与君到处合相亲。
写真虽是文夫子，我亦真堂作记人。

香橙径

金橙纵复里人知，不见鲈鱼价自低。
须是松江烟雨里，小船烧薤①捣香齑②。

① 薤（xiè）：多年生草本植物，鳞茎可做蔬菜。② 齑（jī）：调味用的姜、蒜或韭菜碎末儿。

南园

不种夭桃与绿杨，使君应欲候农桑。
春畦雨过罗纨腻，夏陇风来饼饵香。

北园

汉水巴山乐有余，一麾从此首归涂。
北园草木凭君问，许我他年作主无。

和孔密州五绝〔一〕

见邸家园留题

大筛传闻载酒过，小诗未忍著砖磨。
阳关三叠君须秘〔二〕，除却胶西不解歌。

〔一〕此下徐州之诗。　〔二〕自注：来诗有渭城之句。

春步西园见寄

岁岁开园成故事，年年行乐不辜春。
今年太守尤难继，慈爱聪明惠利人。

东栏梨花

梨花淡白柳深青，柳絮飞时花满城。
惆怅东栏二株雪，人生看得几清明。

和流杯石上草书小诗

蜂腰鹤膝嘲希逸①,春蚓秋蛇病子云②。

醉里自书醒自笑,如今二绝更逢君。

①"蜂腰鹤膝"句:嘲讽谢庄(字希逸)诗律。南朝沈约《四声谱》载诗律八病,蜂腰鹤膝是其中的两种。②"春蚓秋蛇"句:《晋书·王羲之传》载梁萧子云书法"行行若索春蚓,字字如绾秋蛇。"喻书法笔画过多转折。

堂后白牡丹

城西千叶①岂不好,笑舞春风醉脸丹。

何似后堂冰玉洁,游蜂非意不相干〔一〕。

〔一〕自注:孔颇有声妓,而客无见者。

①城西千叶:指密州城西牡丹花。

和赵郎中见戏二首〔一〕

燕子人亡三百秋,卷帘那复似扬州。

西行未必能胜此,空唱崔徽上白楼。

〔一〕自注:赵以徐妓不如东武,诗中见戏,云:"只有当时燕子楼。"

我击藤床君唱歌,明年六十奈君何〔一〕。

醉颠只要装风景,莫向人前自洗磨。

〔一〕自注:赵每醉歌毕,辄曰:"明年六十矣。"

子由将赴南都，与余会宿于逍遥堂，作两绝句。读之殆不可为怀，因和其诗以自解。余观子由，自少旷达，天资近道，又得至人①养生长年之诀，而余亦窃闻其一二。以为今者宦游相别之日浅，而异时退休相从之日长，既以自解，且以慰子由云二首

别期渐近不堪闻，风雨萧萧已断魂。
犹胜相逢不相识，形容变尽语音存。

① 至人：道家指超凡脱俗，达到无我境界的人。

但令朱雀长金花，此别还同一转车。
五百年间谁复在，会看铜狄①两咨嗟。

① 铜狄：铜铸之人，古多置于宫庙间，或铭文其上。

阳关词三首

赠张继愿
受降城下紫髯郎，戏马台前古战场。
恨君不取契丹首，金甲牙旗归故乡。

答李公择
济南春好雪初晴，行到龙山马足轻。
使君莫忘雪溪女，时作阳关肠断声。

中秋月

暮云收尽溢清寒,银汉无声转玉盘。
此生此夜不长好,明月明年何处看。

和孔周翰二绝

再观邸园留题

小园香雾晓蒙笼,醉手〔一〕狂词未必工。
鲁叟①录诗应有取,曲收彤管邶廊风②。

〔一〕手:一作守。

① 鲁叟:即孔周翰。②"曲收"句:语出《诗经·邶风·静女》:"静女其娈,贻我彤管。"

观净观堂效韦苏州①诗

弱羽巢林在一枝,幽人蜗舍两相宜。
乐天长短三千首,却爱韦郎五字诗。

① 韦苏州:韦应物,唐代诗人。

登望䣓亭①

河涨西来失旧䣓,孤城浑在水光中。
忽然归壑无寻处,千里禾麻一半空。

① 望䣓(hóng)亭:古亭名,在今江苏铜山。

虔州八境图八首[一]

《南康八境图》者，太守孔君之所作也。君既作石城，即其城上楼观台榭之所见而作是图也。东望七闽，南望五岭，览群山之参差，俯章贡之奔流，云烟出没，草木蕃丽，邑屋相望，鸡犬之声相闻。观此图也，可以茫然而思，粲然而笑，慨然而叹矣。苏子曰："此南康之一境也，何从而八乎？所自观之者异也。且子不见夫日乎，其旦如盘，其中如珠，其夕如破璧，此岂三日也哉。苟知夫境之为八也，则凡寒暑、朝夕、雨旸、晦明之异，坐作、行立、哀乐、喜怒之接于吾目而感于吾心者，有不可胜数者矣，岂特八乎。如知夫八之出乎一也，则夫四海之外，诙诡谲怪，《禹贡》之所书，邹衍之所谈，相如之所赋，虽至千万未有不一者也。后之君子，必将有感于斯焉。"乃作诗八章，题之图上。

坐看奔湍绕石楼，使君高会百无忧。
三犀窃鄙秦太守，八咏聊同沈隐侯。

〔一〕并引。

涛头寂寞打城还，章贡台前暮霭寒。
倦客登临无限思，孤云落日是长安。

白鹊楼前翠作堆，萦云岭路若为开。
故人应在千山外，不寄梅花远信来①。

①"不寄"句：陆凯与范晔交好，从江南寄一枝梅花给长安的范晔，赠诗"折花逢驿使，聊赠一枝春"。

朱楼深处日微明，皂盖①归时酒半醒。

薄暮樵渔人去尽，碧溪青嶂绕螺亭。

① 皂盖：古代官员所用的黑色蓬伞。

使君那暇日参禅，一望丛林一怅然。
成佛莫教灵运后①，著鞭②从使祖生③先。

①"成佛"句：《南史·谢灵运传》载，会稽太守孟顗嗜佛，谢灵运讽刺其说："得道应须慧业，丈人生当在灵运前，成佛必在灵运后。"灵运，南朝宋谢灵运，山水诗派鼻祖。② 著鞭：手握鞭，比喻开始做事。此指被朝廷任用，建功立业。③ 祖生：指东晋祖逖（tì），军事家。

却从尘外望尘中，无限楼台烟雨蒙。
山水照人迷向背①，只寻孤塔认西东。

① 向背：指正面和背面，面对和背向。

烟云缥缈郁孤台，积翠浮空雨半开。
想见之罘①观海市，绛宫②明灭是蓬莱。

① 之罘（fú）：也作芝罘，在今山东烟台。② 绛宫：传说中神仙所住的宫殿。

回峰乱嶂郁参差，云外高人世得知。
谁向空山弄明月，山中木客①解吟诗。

① 木客：传说中的深山精怪。

卷二十七

苏东坡七绝 下

二百三十五首

寒食日答李公择①三绝次韵

从来苏李②得名双,只恐全齐笑陋邦。
诗似悬河供不办,故欺张籍陇头泷③。

① 李公择:李常,字公择,北宋诗人。② 苏李:西汉有苏武、李陵;唐有苏味道、李峤。现有苏轼、李公择。③ 张籍陇头泷:韩愈《病中赠张十八》:"君乃昆仑渠,籍乃陇头泷。"

簿书鼖鼓①不知春,佳句相呼赖故人。
寒食德公②方上冢,归来谁主复谁宾。

① 簿书鼖(gāo)鼓:簿书,官署中的文书簿册;鼖鼓,大鼓,用于奏乐、役事。② 德公:指庞德公,字尚长,东汉末年名士、隐士。对诸葛亮、庞统等人早年影响较大。

巡城已困尘埃眯①,执扑②仍遭虮虱缘。
欲脱布衫携素手,试开病眼点黄连〔一〕。
〔一〕自注:来诗谓仆布衫督役。

① 眯(mí):尘土入眼,不能睁开看东西。② 执扑:督责之意。

闻李公择饮傅国博家大醉二首

儿童拍手闹黄昏,应笑山公醉习园①。
纵使先生能一石,主人未肯独留髡②。

①"儿童""应笑"二句:指晋山简醉饮。《晋书·山简传》载,山简醉归,时有童儿歌曰:"山公出何许,往至高阳池。日夕倒载归,酩酊无所知。"习园,即高阳池。② 留髡(kūn):留客痛饮。司马迁《史记·滑稽列传》载齐威王问淳于髡酒量,淳于髡言独留开怀畅饮,能饮一石。

不肯惺惺①骑马回,玉山②知为玉人③颓。
紫云有语君知否,莫唤分司御史来④。

① 惺(xīng)惺:此处意为清醒。② 玉山:仪容美的人,此指李公择。《世说新语·容止》载,嵇康容貌出众,"其醉也,傀俄若玉山之将崩"。③ 玉人:容貌俊美的人。④"紫云""莫唤"二句:借唐杜牧赴酒宴戏称李公择宴饮。杜牧《兵部尚书席上作》有"华堂今日绮筵开,谁唤分司御史来?"句。紫云,宴会主人的歌妓。分司御史,即杜牧,时任监察御史分司东都。

文与可有诗见寄,云:"待将一段鹅溪绢,扫取寒梢万尺长。"次韵答之

为爱鹅溪白茧光,扫残鸡距①紫豪铓②。
世间那有千寻竹,月落庭空影许长。

① 鸡距:雄鸡的后爪,借指短锋的毛笔。② 铓(máng):尖端。

次韵参寥师寄秦太虚三绝句时秦君举进士不得

秦郎文字固超然,汉武凭虚意欲仙。
底事秋来不得解,定中试与问诸天。

一尾追风抹万蹄,昆仑玄圃谓朝隮①。
回看世上无伯乐,却道盐车②胜月题。

① 朝隮(jī):早晨的云霞。② 盐车:良马负盐车上太行,伯乐痛惜而哭。多以"盐车"喻贤才屈沉于下。

得丧秋毫久已冥,不须闻此气峥嵘。
何妨却伴参寥子①,无数新诗咳唾成。

① 参寥子:宋僧道潜的别号,善诗,与苏轼、秦观为诗友。

次韵田国博部夫南京见寄二绝

岁月翩翩下坂轮①,归来杏子已生仁。
深红落尽东风恶,柳絮榆钱不当春。

① 坂(bǎn)轮:岁月流逝匆匆,如轮滚下山坡。坂,斜坡。

火冷饧稀①杏粥稠,青裙缟袂②饷田头。
大夫③行役家人怨,应羡居乡马少游。

① 饧(xíng)稀:用麦芽或谷芽熬成的饴糖。② 缟袂(mèi):白衣。③ 大夫:指田国博。

送蜀人张师厚赴殿试二首

忘归不觉鬓毛斑,好事乡人尚往还。
断岭不遮西望眼,送君直过楚王山。

云龙山下试春衣,放鹤亭前送落晖。
一色杏花三十里,新郎君去马如飞。

再次韵答田国博部夫还二首

西郊黄土没车轮,满面风埃笑路人。
已放役夫三万指,从教积雨洗残春。

枝上稀疏地上稠,忍看红糁①落墙头。
风流别乘②多才思,归趁西园秉烛游。

① 红糁(shēn):红色散粒状之物,此指落花。② 别乘:别驾的别称。

次韵关令送鱼〔一〕

举网惊呼得巨鱼,馋涎不易忍流酥。
更烦赤脚长须老,来听西风十幅蒲①。

〔一〕自此以上,皆杭州、密州、徐州之诗。

① 十幅蒲:指大帆。蒲,蒲草,可编织船帆。

梅花二首〔一〕

春来幽谷水潺潺,的皪①梅花草棘间。
一夜东风吹石裂,半随飞雪渡关山。

〔一〕此下谪居黄州之诗。

① 的皪(lì):鲜明的样子。

何人把酒慰深幽,开自无聊落更愁。
幸有清溪三百曲,不辞相送到黄州。

陈季常所蓄朱陈村嫁娶图二首

何年顾陆①丹青手,画作朱陈嫁娶图。
闻道一村惟两姓,不将门户买崔卢②。

① 顾陆:晋代画家顾恺之、陆探微。② 崔卢:六朝时的贵族世家,当时结亲注重家世门第,与崔、卢攀亲为荣。

我是朱陈旧使君,劝耕曾入杏花村。

而今风物那堪画,县吏催钱夜打门。

少年时尝过一村院,见壁上有诗云:"夜凉疑有雨,院静似无僧。"不知何人诗也。宿黄州禅智寺,寺僧皆不在,夜半雨作,偶记此诗,故作一绝

佛灯渐暗饥鼠出,山雨忽来修竹鸣。
知是何人旧诗句,已应知我此时情。

次韵乐著作送酒

少年多病怯杯觞,老去方知此味长。
万斛羁愁都似雪,一壶春酒若为汤。

次韵乐著作天庆观醮①

浊世纷纷肯下临,梦寻飞步五云深。
无因上到通明殿,只许微闻玉佩音。

① 醮(jiào):道士设坛念经做法事。

南堂五首

江上西山半隐堤,此邦台馆一时西。
南堂独有西南向,卧看千帆落浅溪。

暮年眼力嗟犹在,多病颠毛①却未华。
故作明窗书小字,更开幽室养丹砂。

① 颠毛:指头发。

他时夜雨困移床,坐厌愁声点客肠。
一听南堂新瓦响,似闻东坞小荷香。

山家为割千房蜜,稚子新畦五亩蔬。
更有南堂堪著客,不忧门外故人车。

扫地烧香闭阁眠,簟纹如水帐如烟。
客来梦觉知何处,挂起西窗浪接天。

子由作二颂,颂石台长老问公手写莲经,字如黑蚁且诵万遍,胁不至席二十余年,予亦作二首

眼前扰扰黑蚍蜉①,口角霏霏白唾珠。
要识吾师无碍处,试将烧却②看瞋无。

① 蚍蜉(pí fú):一种大蚂蚁,此指文字。② 烧却:燃烧掉。

眼睛心地两虚圆,胁不沾床二十年。
谁信吾师非不睡,睡蛇已死得安眠。

橄榄

纷纷青子落红盐,正味森森苦且严。
待得微甘回齿颊,已输崖蜜①十分甜。

① 崖蜜:宋代称樱桃。

海棠

东风渺渺〔一〕泛崇光,香雾空濛〔二〕月转廊。
只恐夜深花睡去,故烧高烛照红妆。
〔一〕渺渺:一作袅袅。 〔二〕空濛:一作霏霏。

东坡

雨洗东坡月色清,市人行尽野人行。
莫嫌荦确①坡头路,自爱铿然曳杖声。

① 荦(luò)确:石多而坚硬。

子由在筠作《东轩记》，或戏之为东轩长老。其婿曹焕往筠，余作一绝句送曹以戏子由。曹过庐山，以示圆通慎长老。慎欣然亦作一绝，送客出门，归入室，趺坐化去。子由闻之，仍作二绝，一以答余，一以答慎。明年余过圆通，始得其详，乃追次慎韵

君到高安几日回，一时斗擞旧尘埃。
赠君一笼牢收取，盛取东轩长老来。
〇右送曹诗。

大士何曾有生死，小儒底处觅穷通。
偶留一哕①千山上，散作人间万窍风。
〇右和慎诗。

① 一哕（xuè）：轻轻一吹的声音。哕，微声。

余过温泉，壁上有诗云：直待众生总无垢，我方清冷混常流。问人，云：长老可遵作。遵已退居圆通，亦作一绝

石龙有口口无根，自在流泉谁吐吞。
若信众生本无垢，此泉何处觅寒温。

世传徐凝《瀑布》诗云"一条界破青山色"至为尘陋。又伪作乐天诗称羡此句,有"赛不得"之语。乐天虽涉浅易,然岂至是哉!乃戏作一绝

帝遣银河一派垂,古来惟有谪仙词①。
飞流溅沫知多少,不与徐凝洗恶诗②。

①"帝遣""古来"二句:指李白《望庐山瀑布》诗。谪仙,指李白。②徐凝:中唐时期的诗人。苏轼不喜其所作《庐山瀑布》一诗。

书李公择白石山房

偶寻流水上崔嵬①,五老苍颜一笑开。
若见谪仙烦寄语,匡山头白早归来②。

①崔嵬(wéi):高峻的山。②"匡山"句:李白曾在匡山读书。杜甫《天末怀李白》有"匡山读书处,头白好归来"句。匡山,即大匡山,在今四川江油。

赠东林总长老

溪声便是广长舌①,山色岂非清净身。
夜来八万四千偈,他日如何举似人。

①广长舌:佛教语,比喻佛法宽广无尽。

题西林壁

横看成岭侧成峰,远近高低各不同。
不识庐山真面目,只缘身在此山中。

次荆公韵四首〔一〕

青李扶疏禽自来,清真逸少手亲栽。
深红浅紫从争发,雪白鹅黄也斗开。

〔一〕第四首五言绝句,未抄。

斫竹穿花破绿苔,小诗端为觅桤栽。
细看造物初无物,春到江南花自开。

骑驴渺渺入荒陂,想见先生未病时。
劝我试求三亩宅,从公已觉十年迟。

题孙思邈①真

先生一去五百载,犹在峨眉西崦中。
自为天仙足官府②,不应尸解坐虻虫③。

① 孙思邈:唐代医家,道士,华原(今陕西铜川)人,后世

称"药王"。② 仙人足官府：仙人在官府忙于公务。韩愈《张十八助教》有"上界真人足官府，岂如散仙鞭笞鸾凤终日相追陪"。此指孙思邈不受官府征召。③ 尸解坐蛀虫：指不以物命为药，而取草木为药。

戏作鮰鱼一绝

粉红石首①仍无骨，雪白河豚不药人。
寄语天公与河伯，何妨乞与水精鳞。

① 石首：鱼名，亦称黄花鱼或黄鱼。

次韵答宝觉

芒鞋竹杖布行缠①，遮莫千山更万山。
从来无脚不解滑，谁信石头行路难。

① 行缠：绑腿。

以玉带施元长老，元以衲裙相报，次韵二首

病骨难堪玉带围，钝根①仍落箭锋机。
欲教乞食歌姬院，故与云山旧衲衣。

① 钝根：佛教语，谓根机愚钝，不能领悟佛法。

此带阅人如传舍①，流传到我亦悠哉。
锦袍错落真相称，乞与②伴狂老万回③。

① 传舍：驿站。② 乞与：给与。③"伴狂"句：指唐武后赐万回和尚锦袍玉带。万回和尚，唐高宗时人。此以万回和尚指元长老。

金山梦中作

江东贾客木绵裘，会散金山月满楼。
夜半潮来风又熟，卧吹箫管到扬州。

和王胜之三首

城上湖光暖欲波，美人唱我踏春歌。
鲁公宾客皆诗酒，谁是神仙张志和①。

① 张志和：字子同，号玄真子。鲁国公颜真卿与之交好。

齐酿如渑涨绿波，公诗句句可弦歌。
流觞曲水无多日，更作新诗继永和①。

①"流觞""更作"二句：用晋王羲之等人兰亭雅集事。

要知太守怜孤客，不惜阳春和俚歌。
坐睡樽前呼不应，为公雕琢损天和。

春日

鸣鸠乳燕寂无声，日射西窗泼眼明。
午醉醒来无一事，只将春睡赏春晴。

归宜兴，留题竹西寺三首

十年归梦寄西风，此去真为田舍翁。
剩觅蜀冈新井水，要携乡味过江东。

道人劝饮鸡苏水，童子能煎莺粟汤。
暂借藤床与瓦枕，莫教孤负竹风凉。

此生已觉都无事，今岁仍逢大有年①。
山寺归来闻好语，野花啼鸟亦欣然。

① 大有年：意为大丰收之年。

孟震同游常州僧舍三首

年来转觉此生浮,又作三吴浪漫游。
忽见东平孟君子,梦中相对说黄州。

湛湛清池五月寒,小山无数碧巉岏。
稚杉戢戢①三千本,且作凌云合抱看。

① 戢(jí)戢:密集的样子。

知君此去便归耕,笑指孤舟一叶轻。
待向三茅乞灵雨,半篙流水送君行。

赠常州报恩长老二首

碧玉碗盛红马脑①,井花水②养石菖蒲。
也知法供无穷尽,试问禅师得饱无。

① 红马脑:即红玛瑙。② 井花水:清晨初汲的水。

荐福老怀真巧便,净慈两本①更尖新。
凭师为作铁门限,准备人间请话人。

① 净慈两本:慧林圆照禅师宗本,熙宁中移住净慈,世称大本;杭州净慈善本禅师,元丰中住双林,迁净慈,世称小本。

溪阴堂

白水满时双鹭下,绿槐高处一蝉吟。
酒醒门外三竿日,卧看溪南十亩阴。

惠崇①春江晚景二首

竹外桃花三两枝,春江水暖鸭先知。
蒌蒿满地芦芽短,正是河豚欲上时。

① 惠崇:宋代画家。

两两归鸿欲破群,依依还似北归人。
遥知朔漠多风雪,更待江南半月春。

戏周正孺二绝〔一〕

折臂三公①未可知,会当千镒访权奇②。
劝君鸑骆犹闲事,肠断闺中杨柳枝③。

① 折臂三公:掌握大权的高官。折臂,摔断胳膊。《世说新语·术解》载,魏晋时羊祜骑马折臂,位至三公。②"会当"句:以重金访良马。《太公六韬》载,商王拘周文王姬昌,太公以金千镒,求天下珍物献商王免周罪,后果获神马鸡斯。③"劝君""肠

断"二句：唐白居易卖其歌妓樊素所乘骆马，马眷恋长嘶，樊素泪下依恋难舍。白居易作《不能忘情吟》，有"骊骆马兮放杨柳枝，掩翠黛兮顿金羁"句。

天厩新颁玉鼻骍①，故人共敌亦常情。
相如虽老犹能赋，换马还应继二生。
〔一〕自此以上皆黄州及常州居住改登州之诗。

① 玉鼻骍（xīng）：白鼻赤毛的宝马。

轼以去岁春夏侍立迩英，而秋冬之交，子由相继入侍，次韵绝句四首各述所怀〔一〕

曈曈日脚晓犹清，细细槐花暖自零。
坐阅诸公半廊庙〔二〕，时看黄色起天庭。
〔一〕此下皆入朝为翰林学士以后之诗。　〔二〕自注：仆射吕公、门下韩公、右丞刘公皆自讲席大用。

上尊初破早朝寒，茗碗仍沾讲舌干。
陛楯①诸郎空雨立，故应惭悔不儒冠。

① 陛楯：谓执楯侍卫陛侧。

两鹤摧颓病不言，年来相继亦乘轩①。
误闻九奏聊飞舞，可得徘回②为啄吞。

① 乘轩：用《左传·闵公二年》卫懿公好鹤事。此指做官。

② 徘回：回旋往返。

微生偶脱风波地，晚岁犹存铁石心。
定似香山老居士，世缘终浅道根深〔一〕。

〔一〕自注：乐天自江州司马除忠州刺史，旋以主客郎中知制诰，遂拜中书舍人。轼虽不敢自比，然谪居黄州，起知文登，召为仪曹，遂忝侍从，出处老少大略相似，庶几复享此翁晚节闲适之乐焉。

书皇亲扇

十年江海寄浮沉，梦绕江南黄苇林。
谁谓风流贵公子，笔端还有五湖心①。

① 五湖心：谓隐退江湖之志。

书李世南①所画秋景二首

野水参差落涨痕，疏林欹倒出霜根。
扁舟一棹归何处，家在江南黄叶村。

① 李世南：字唐臣，北宋画家，善画山水。

人间斤斧日创夷，谁见龙蛇百尺姿。
不是溪山曾独往，何人解作挂猿枝。

次韵宋肇惠澄心纸①二首

诗老②囊空一不留,百番曾作百金收〔一〕。
知君也要雕肝肾③,分我江南数斛愁。

〔一〕自注:永叔以澄心百幅遗圣俞,圣俞有诗。

① 澄心纸:南唐后主李煜所造的一种细薄光润的纸,以澄心堂得名。② 诗老:指梅尧臣,字圣俞,世称宛陵先生。北宋诗人。③ 雕肝肾:即雕肝琢肾,形容写作时苦苦思索,反复锤炼,刻意求工。

君家家学陋相如,宜与诸儒论石渠①。
古纸无多且分我,自应给札奏新书。

① 石渠:指石渠阁,西汉皇家藏书之处,在长安未央宫殿北。

郭熙秋山平远二首

目尽孤鸿落照边,遥知风雨不同川。
此间有句无人识,送与襄阳孟浩然。

木落骚人已怨秋,不堪平远发诗愁。
要看万壑争流处,他日终烦顾虎头①。

① 顾虎头:晋顾恺之小字虎头。

谢王泽州寄长松兼简张天觉二首

莫道长松浪得名,能教覆额两眉青。
便将径寸同千尺,知有奇功似伏苓。

凭君说与埋轮使,速寄长松作解嘲〔一〕。
无复青黏和漆叶,枉将钟乳敌仙茅。

〔一〕自注:张天觉诗有"理及河东铿"之语。

和子由除夜元日省宿致斋三首

江湖流落岂关天,禁省相望亦偶然。
等是新年未相见,此身应坐不归田。

白发苍颜五十三,家人遥遣试春衫。
朝回两袖天香满,头上银幡①笑阿咸②。

① 银幡(fān):用银箔制作的幡胜。② 阿咸:对弟弟的称呼。晋阮咸为阮籍之侄,世人因称侄为阿咸。此指子由诸郎。

当年踏月走东风,坐看春闱锁醉翁。
白发门生几人在,却将新句调①儿童。

① 调:此指取乐戏弄。

次韵答张天觉二首

车轻马稳辔衔坚,但有蚊虻喜扑缘。
截断口前君莫问,人间差乐胜巢仙。

御风骑气我何劳,且要长松作土毛。
亦如诃佛丹霞老,却向清凉①礼白毫②。

① 清凉:指清凉山。② 白毫:指佛祖。白毫相,如来三十二相之一。

书艾宣画四首

竹鹤
此君何处不相宜,况有能言老令威①。
谁知长身古君子,犹将缁布缘深衣②。

① 令威:丁令威,传说在灵虚山学道,后化鹤而去。② 缁(zī)布缘深衣:用以形容鹤,身白而黑缘。

黄精鹿
太华西南第几峰,落花流水自重重。
幽人只采黄精去,不见春山鹿养茸。

杏花白鹇①
天工剪刻为谁妍,拘蕊游蜂自作团。

把酒惜春都是梦,不如闲客②此闲看。

① 白鹇(xián):鸟名,又称银雉。② 闲客:李昉畜五禽,皆以客为名。白鹇曰闲客,鹭鸶曰雪客,鹤曰仙客,孔雀曰南客,鹦鹉曰陇客。

莲龟

半脱莲房露压欹,绿荷深处有游龟。
只应翡翠兰苕①上,独见玄夫②曝日时。

① 翡翠兰苕(tiáo):色彩秀丽的兰花与苕花,常用来比喻文采纤丽的诗风。② 玄夫:指龟。

送钱穆父出守越州二首

簿书常苦百忧集,樽酒今应一笑开。
京兆从教思广汉①,会稽聊喜得方回②。

①"京兆"句:指西汉赵广汉,为京兆尹。诛杀豪强,执法不避权贵,被萧望之弹劾,腰斩。数万人号泣,百官追思。②"会稽"句:晋郗愔,字方回。桓温不悦愔居,愔遗笺自述老病,乞闲地自养。桓温喜,转其为会稽太守。

若耶溪水云门寺,贺监①荷花空自开。
我恨今犹在泥滓,劝君莫棹酒船回。

① 贺监:贺知章(659—744),字季真,曾任秘书监。李白

《对酒忆贺监》有"人亡余故宅,空有荷花生"句。

书林次中所得李伯时《归去来》《阳关》二图后二首

不见何戡①唱渭城②,旧人空数米嘉荣③。
龙眠独识殷勤处,画出阳关意外声。

① 何戡(kān):唐长庆时歌者。② 渭城:即《渭城曲》,唐王维《谓城曲》有"西出阳关无故人"句。③ 米嘉荣:唐长庆时歌者。

两本新图宝墨香,樽前独唱小秦王①。
为君翻作归来引②,不学阳关空断肠。

① 小秦王:又名《阳关曲》,原唐教坊曲名,即秦王小破阵乐。② 归来引:即晋陶渊明《归去来兮辞》。

题李伯时画赵景仁琴鹤图二首

清献先生①无一钱,故应琴鹤是家传。
谁知默鼓无弦曲,时向珠宫舞幻仙。

① 清献先生:赵抃(1008—1084),浙江衢州人。北宋名臣,人称"铁面御史",谥清献。赵景仁父。

丑石寒松人易亲,聊将短曲调长人。
乘轩故自非明眼,终日僛僛①舞爨薪②。

① 僛(qī)僛:醉舞敧斜的样子。后用以形容轻盈摇曳状。
② 爨(cuàn)薪:指焦尾琴。

王晋卿所藏著色山二首

缥缈营丘水墨仙①,浮空出没有无间。
尔来一变风流尽,谁见将军②著色山。

① 水墨仙:指李成,字咸熙,号营丘,五代宋初画家。② 将军:指李思训(653—718),甘肃临洮人。工书,善画,山水林泉称绝,世称"李将军山水"。

荦确何人似退之,意行无路欲从谁。
宿云解驳①晨光漏,独见山红涧碧时。

① 解驳:离散间杂。

次韵王晋卿惠花栽所寓张退傅第中

坐来念念失前人,共向空中寓一尘。
若问此花谁是主,天教闲客管青春。

书王定国所藏王晋卿画著色山

君归岭北初逢雪①,我亦江南五见春。
寄语风流王武子②,三人俱是识山人。

① "君归"句:指王巩(字定国)"乌台诗案"苏轼被贬黄州后,王定国牵连谪监宾州盐酒税。② 王武子:指王诜,字晋卿,北宋画家。"乌台诗案"后谪均州。

同秦仲二子雨中游宝山

平明已报百吏散,半日来陪二子闲。
立鹤低昂烟雨里,行人出没树林间。

与莫同年雨中饮湖上

到处相逢是偶然,梦中相对各华颠①。
还来一醉西湖雨,不见跳珠十五年。

① 华颠:白头,指年老。

次韵王忠玉游虎丘三首

当年太白此相浮①,老守娱宾得二丘〔一〕。
白发重来故人尽,空余丛桂小山幽。

〔一〕自注:郡人有闾丘公。太守王规父尝云:"不谒虎丘,即谒闾丘。"规父,忠玉伯父也。

①"当年"句:太白一作"大白"。西汉刘向《说苑·善说》有"饮不釂者,浮以大白"句。大白,酒杯。浮大白,罚酒。浮,指满上(酒)。

青盖红旗映玉山,新诗小草①落玄泉②。
风流使者人争看,知有真娘③立道边〔一〕。

〔一〕自注:虎丘中路有真娘墓。

①小草:草稿。②玄泉:即悬泉,瀑布。③真娘:唐中期苏州名妓,貌美聪慧,精于琴棋书画,善歌舞。不愿被迫嫁娶而自尽,葬于虎丘。

舞衫歌扇转头空,只有青山杳霭中。
若共吴王斗百草①,使君未敢借惊鸿。

①斗百草:一种古代游戏。相传吴王夫差与西施玩斗百草游戏。唐刘禹锡《戏酬》诗有"若共吴王斗百草,不如应是欠西施"句。

和钱四寄其弟龢

再见涛头涌玉轮,烦君久驻浙江春。
年来总作维摩病,堪笑东西二老人。

次韵子由使契丹至涿州见寄四首

老人痴钝已逃寒，子复辞行理亦难[一]。
要到卢龙看古塞，投文易水吊燕丹。

〔一〕自注：余昔年辞免使北。

胡羊代马①得安眠，穷发之南共一天。
又见子卿②持汉节，遥知遗老泣山前。

① 胡羊代马：胡羊，产于胡地的羊；代马，北地所产良马，泛指北方边塞地区。此借指契丹的骚扰。② 子卿：苏武，字子卿。

毡毳①年来亦甚都，时时鴂舌②问三苏[一]。
那知老病浑无用，欲问君王乞镜湖。

〔一〕自注：余与子由入京时，北使已问所在。后余馆伴，北使屡诵三苏文。

① 毡毳（cuì）：毡裘、毳帐。此代指契丹人。② 鴂（jué）舌：喻契丹语言难懂。

始忆庚寅降屈原，旋看蜡凤戏①僧虔。
随翁万里心如铁[一]，此子何劳为买田。

〔一〕自注：时犹子迟侍行。

① 蜡凤戏：蜡泪制作凤凰。南朝齐王僧绰（一说僧虔）采蜡烛珠为凤凰，蜡凤被人夺取打坏，亦所不惜。后用为儿童志度不凡。

又和景文韵

牡丹松桧一时栽,付与春风自在开。
试问壁间题字客,几人不为看花来。

西湖寿星院此君轩

卧听谡谡①碎龙鳞,俯看苍苍立玉身。
一舸鸱夷②江海去,尚余君子六千人。

① 谡(sù)谡:形容风声呼呼作响。② 鸱夷:此指范蠡。勾践灭吴后,范蠡乘舟浮海,变换姓名为鸱夷子皮。

菩提寺南漪堂杜鹃花

南漪杜鹃天下无,披香殿上红氍毹①。
鹤林兵火真一梦,不归阆苑归西湖。

① 红氍毹(qú shū):毛织的布或地毯,旧时演戏多用来铺在地上,故"氍毹"或"红氍毹"常借指舞台。

次韵钱穆父紫薇花二首

虚白堂前合抱花,秋风落日照横斜。
阅人此地知多少,物化无涯生有涯〔一〕。

〔一〕自注:虚白堂前,紫薇两株,俗云乐天所种。

折得芳蕤①两眼花,题诗相报字倾斜。
箧中尚有丝纶句〔一〕,坐觉天光照海涯。

〔一〕自注:白乐天《紫薇花》诗:"丝纶阁下文章静,钟鼓楼中刻漏长。独坐黄昏谁是伴,紫薇花对紫薇郎。"上尝书此诗以赐轼。

① 芳蕤(ruí):盛开而下垂的花。

次韵杨公济梅花十首

梅梢春色弄微和,作意南枝剪刻多。
月黑林间逢缟袂①,霸陵醉尉误谁何②。

① 缟袂:白衣。亦借喻白色花卉。②"霸陵醉尉"句:《史记·李将军列传》载,李广醉酒夜归,被霸陵尉阻止通行。

相逢月下是瑶台,藉草清樽连夜开。
明日酒醒应满地,空令饥鹤啄莓苔。

绿发①寻春湖畔回,万松岭上一枝开。

而今纵老霜根在,得见刘郎②又独来。

① 绿发:乌黑而有光泽的头发,借指年轻人。② 刘郎:指刘禹锡"前度刘郎今又来",此喻苏轼自己。

月地云阶漫一樽,玉奴〔一〕①终不负东昏。
临春结绮荒荆棘,谁信幽香是返魂。
〔一〕奴:当作儿。

① 玉奴:南齐东昏侯妃潘玉儿。《南史·王茂传》载,东昏侯败,潘玉儿同死。此以玉奴指梅花。

日出冰湖散水花,野梅官柳渐欹斜。
西郊欲就诗人饮,黄四娘东子美家。

君知早落坐①先开,莫著新诗句句催。
岭北霜枝最多思,忍寒留待使君来。

① 坐:因、由于。

冰盘未荐含酸子,雪岭先看耐冻枝。
应笑春风木芍药,丰肌弱骨要人医。

寒雀喧喧冻不飞,绕林空啅①未开枝。
多情好与风流伴,不到双双燕语时。

① 啅(zhào):聒噪。

鲛绡剪碎玉簪轻,檀晕妆成雪月明。
肯伴老人春一醉,悬知欲落更多情。

缟裙练帨①玉川家,肝胆清新冷不邪。
秾李②争春犹办此,更教踏雪看梅花。

① 练帨(shuì):白色佩巾。② 秾李:繁盛华美的李花。

赠刘景文

荷尽已无擎雨盖,菊残犹有傲霜枝。
一年好景君须记,最是橙黄橘绿时。

谢关景仁送红梅栽二首

年年芳信负红梅,江畔垂垂又欲开。
珍重多情关令尹,直和根拨送春来。

为君栽向南堂下,记取他年著子时。
酸酽①不堪谓众口,使君风味好攒眉。

① 酸酽(yàn):酸味很浓的汁液。

游宝云寺得唐彦猷为杭州日送客,舟中手书一绝句,云:"山雨霏微不满空,画船来往疾轻鸿。谁知独卧朱帘里,一榻无尘四面风。"明日,送彦猷之子坰赴鄂州,舟中遇微雨,感叹前事,因和其韵作两首送之,且归其书唐氏

二妙凋零笔法空,忽惊云海戏群鸿。
清诗不敢私囊箧,人道黄门有父风①。

① 黄门有父风:晋卫恒官至黄门侍郎,出生于书法世家,在祖父卫凯和父亲卫瓘的书法熏陶下,勤学苦练,终有所成。

出处荣枯一笑空,十年社燕与秋鸿。
谁知白首长河路,还卧当时送客风。

再和杨公济梅花十绝

一枝风物①便清和,看尽千林未觉多。
结习已空从著袂,不须天女问云何。

① 风物:此处指梅花。

天教桃李作舆台①,故遣寒梅第一开。
凭仗幽人收艾纳②,国香和雨入青苔。

① 舆台:旧指地位低下的人。② 艾纳:古松、梅等树皮上生

出的一种莓苔，有香气。

　　白发思家万里回，小轩临水为花开。
　　故应剩作诗千首，知是多情得得①来。

　　① 得得：即得得和尚。《唐诗纪事》载，五代诗僧贯休于天复年间谒见前蜀王王建，投献诗篇受其礼重，赐号禅月大师。其诗有"万水千山得得来"，时人称之为"得得和尚"。

　　人去残英满酒尊，不堪细雨湿黄昏。
　　夜寒那得穿花蝶，知是风流楚客魂。

　　春入西湖到处花，裙腰芳草抱山斜。
　　盈盈解佩临烟浦，脉脉当垆傍酒家。

　　莫向霜晨怨未开，白头朝夕自相催。
　　斩新①一朵含风露，恰似西厢待月来。

　　① 斩新：即崭新，全新。

　　洗尽铅华见雪肌，要将真色斗生枝。
　　檀心已作龙涎吐，玉颊何劳獭髓医。

　　湖面初惊片片飞，尊前吹折最繁枝。
　　何人会得春风意，怕见梅黄雨细时。

　　长恨漫天柳絮轻，只将飞舞占清明。
　　寒梅似与春相避，未解无私造物情。

北客南来岂是家,醉看参月半横斜。
他年欲识吴姬①面,秉烛三更对此花。

①吴姬:吴地的美女,借指梅花。

次韵参寥同前

朝来处处白毡铺,楼阁山川尽一如。
总是烂银并白玉①,不知奇货有谁居。

①烂银并白玉:指月亮。此借指雪。

书《浑令公燕鱼朝恩图》

咸宁①英气似汾阳②,夜饮军容出红妆。
不须缠头万匹锦,知君未办作吕强③。

①咸宁:古县名,在今陕西西安。此代指浑令公。浑令公,指唐浑瑊,封咸宁郡王。②汾阳:指唐郭子仪,封汾阳郡王。③吕强:汉灵帝时宦官,字汉盛,河南成皋人。为人清忠奉公,封都乡侯,不受,恳言推辞。

予去杭十六年而复来，留二年而去。平生自觉出处老少，粗似乐天，虽才名相远，而安分寡求，亦庶几焉。三月六日来别南北山诸道人，而下天竺惠净师以丑石赠行，作三绝句

当年衫鬓两青青，强说重临慰别情。
衰发只今无可白，故应相对话来生。

出处依稀似乐天，敢将衰朽较前贤。
便从洛社休官去，犹有闲居二十年。

在郡依前六百日，山中不记几回来。
还将天竺一峰去，欲把云根到处栽。

书王晋卿画四首

山阴陈迹
当年不识此清真，强把先生拟季伦①。
等是人间一陈迹，聚蚊金谷②本何人。

① 季伦：西晋石崇，字季伦。② 金谷：晋石崇所筑的金谷园。

雪溪乘兴①
溪山雪月两佳哉，宾主谈锋夜转雷。
犹言不见戴安道，为问适从何处来。

①雪溪乘兴：用王子猷雪夜访戴安道至而兴尽，未见辄返的故事。

四明狂客

毫端偶集一微尘，何处溪山非此身。
狂客思归便归去，更求敕赐枉天真。

西塞风雨

斜风细雨到来时，我本无家何处归。
仰看云天真箬笠，旋收江海入蓑衣。

题王晋卿画后

丑石半蹲山下虎，长松倒卧木中龙。
试君眼力看多少，数到云峰第几重。

赠武道士弹贺若

清风终日自开帘，凉月今宵肯挂檐。
琴里若能知贺若①，诗中定合爱陶潜。

①贺若：琴曲名。相传出于唐代琴师贺若夷，或云出于隋代贺若弼，故名。

元祐六年六月自杭州召还,汶公馆我于东堂,阅旧诗卷,次诸公韵三首

半熟黄粱日未斜,玉堂阴合手栽花。
却寻三十年前味,未饭钟时已饭〔一〕茶。

〔一〕饭:一作饮。

梦觉还惊屦响廊,故人来炷影前香。
鬓须白尽成何事,一帖空存老遂良。

尺一①东来唤我归,衰年已迫故山期。
文章曹植今堪笑,却卷波澜入小诗。

① 尺一:古时诏板长一尺一寸,故称天子诏书为"尺一"。

送欧阳主簿赴官韦城四首〔一〕

凤雏骥子①日相高,白发苍颜笑我曹。
读遍牙签②三万轴,欲来小邑试牛刀。

〔一〕名宪,文忠公孙。

① 骥子:英俊的人才。② 牙签:用象牙制成的图书标签,此指书籍。

出处①年来恨不齐,一尊临水记分携②。
江湖咫尺吾将老,汝颍东流子却西。

①出处：做官或退隐。②分携：离别。

白马津头春水来，白鱼犹喜似江淮。
使君已复冰堂酒①，更劝重新画舫斋。

①冰堂酒：古代美酒名，产于滑州。

道傍垂白定沾巾，正似当年绿发新。
故国依然乔木在，典刑①复见老成人②。

①典刑：常规，旧法。②老成人：指品德忠厚，且为人处世老成持重的人。

臂痛谒告作三绝句示四君子

公退清闲如致仕，酒余欢适似还乡。
不妨更有安心病，卧看萦帘一炷香。

心有何求遣病安，年来古井不生澜。
只愁戏瓦闲童子，却作泠泠一水看。

小阁低窗卧晏温①，了然非默亦非言。
维摩示病②吾真病，谁识东坡不二门。

①晏温：天气晴暖。②维摩示病：维摩诘长者对不同人采取不同教化方式，表现出病态，对来看望慰问的人讲经说法。

西湖戏作

一士千金未易偿,我从陈赵两欧阳。
举鞭拍手笑山简,只有并州一葛强①。

① 并州一葛强:晋征南将军山简的部将,常陪山简在襄阳习家池饮酒。后常借指酒友、部将。

次韵赵德麟雪中惜梅且饷柑酒三首

千花未分出梅余,遣雪摧残计已疏。
卧闻点滴如秋雨,知是东风为扫除。

阆苑①千葩映玉宸,人间只有此花新。
飞霙②要欲先桃李,散作千林火迫春。

① 阆(làng)苑:阆凤山之苑,传说中神仙居住的地方,泛指官苑。② 飞霙(yīng):飘舞的雪花。

蹀躞娇黄不受鞿,东风暗与色香归。
偶逢白堕①争春手,遣入王孙玉斝飞。

① 白堕:河东人刘白堕善酿酒,后用作美酒的别称。

淮上早发

澹月倾云晓角哀,小风吹水碧鳞开。
此生定向江湖老,默数淮中十往来。

次韵德麟西湖新成见怀绝句

壶中春色饮中仙〔一〕,骑鹤东来①独惘然。
犹有赵陈同李郭,不妨同泛过湖船。

〔一〕自注:谓洞庭春色也。

① 骑鹤东来:指志趣。《殷芸小说》载,有客相从,各言其志。或曰"愿为扬州刺史",或曰"愿骑鹤上升",其一人曰:"腰缠十万贯,骑鹤下扬州。"

予少年颇知种松,手植数万株,皆中梁柱矣。都梁山中见杜舆秀才,求学其法,戏赠二首

露宿泥行草棘中,十年春雨养髯龙①。
如今尺五城南杜,欲问东坡学种松。

① 髯龙:指虬枝盘曲的松树。

君方扫雪收松子,我已开榛得茯苓。
为问何如插杨柳,明年飞絮作浮萍。

次韵秦少游、王仲至元日立春三首

省事天公厌两回,新年春日并相催。
殷勤更下山阴雪,要与梅花作伴来。

己卯嘉辰寿阿同〔一〕,愿渠①无过亦无功。
明年春日江湖上,回首觚②棱一梦中。
〔一〕自注:子由一字同叔,元日己卯,渠本命也。

① 渠:代词,他。② 觚(gū)棱:指宫阙。此指京城。

词锋虽作楚骚寒,德意还同汉诏宽。
好遣秦郎供帖子,尽驱春色入毫端〔一〕。
〔一〕自注:立春日,翰林学士供诗帖子。

上元侍饮楼上三首呈同列

澹月疏星绕建章,仙风吹下御炉香。
侍臣鹄立通明观〔一〕,一条红云捧玉皇。
〔一〕观:一作殿。

薄云初消野未耕,卖薪买酒看升平。
吾君勤俭倡优拙①,自是丰年有笑声。

① 倡优拙:汉司马迁《史记·范睢蔡泽列传》:"楚之铁剑利而倡优拙。夫铁剑利则士勇,倡优拙则思虑远。"

老病行穿万马群,九衢人散月纷纷。

归来一盏残灯在,犹有传柑遗细君〔一〕。

〔一〕自注:侍饮楼上,则贵戚争以黄柑遗近臣,谓之传柑,听携以归。盖故事也。

再送蒋颖叔帅熙河二首

使君九万击鹏鹍,肯为阳关一断魂。
不用宽心九千里,安西都护国西门。

余刃西屠横海鲲,应予诗谶①是游魂。
归来趁别陶弘景,看挂衣冠神武门。

① 诗谶(chèn):谓所作诗无意中预示了后来发生的事。

次韵钱穆父马上寄蒋颖叔二首

玉关不用一丸泥,自有长城乌鼠①西。
剩与故人寻土物,腊糟②红曲③寄驼蹄。

① 乌鼠:古山名。② 腊糟:冬日酿酒的酒糟,用于腌制食物。③ 红曲:一种调制食品的材料,可供制造红糟、红酒及红腐乳等。

多买黄封^①作洗泥^②,使君来自陇山西。
高才得兔人人羡,争欲寻踪觅旧蹄。

① 黄封:当时宫廷酿酒用黄罗帕封盖,故称"黄封",后泛指各种美酒。② 洗泥:犹言洗尘。

七年九月,自广陵召还,复馆于浴室^①东堂。八年六月,乞会稽,将去,汶公乞诗,乃复用前韵三首

乞郡三章字半斜,庙堂传笑眼昏花。
上人问我迟留意,待赐头纲^②八饼茶〔一〕。

〔一〕自注:尚书学士得赐头纲龙茶一片,今年纲到最迟。

① 浴室:在兴国寺,又称浴室院。在宋代亦兼作应试者馆舍。② 头纲:指惊蛰前或清明前制成的首批贡茶。

梦绕吴山却月廊^①,白梅卢橘觉犹香〔一〕。
会稽^②且作须臾意,从此归田策最良。

〔一〕自注:杭州梵天寺有月廊数百间,寺中多白杨梅、卢橘。

① 却月廊:"却月"为半圆的月亮,"却月廊"是半月形的廊房。② 乞会稽:此指《又乞越州札子》。

东南此去几时归,倦鸟孤飞岂有期。
断送一生消底物,三年光景六篇诗。

题毛女真①

雾鬓风鬟木叶衣,山川良是昔人非。
只应闲过商颜老,独自吹箫月下归。

① 毛女真:毛女的写真画图。汉刘向《列仙传》有毛女的记述,字玉姜,在华阴山中。

三月二十日开园三首〔一〕

雪髯霜鬓语伧狞①,澹荡园林取次行。
要识将军②不凡意,从来只啜③小人羹〔二〕。
〔一〕自此以上,皆入为翰林学士,出守杭州,入为承旨,出知颍州、扬州,入为端明学士,出知定州之诗。 〔二〕自注:是日,散父老酒食。

① 伧(cāng)狞:粗野的样子。② 将军:苏轼自称。时知定州。③ 啜(chuò):尝。

西园牡钥①夜沉沉,尚有游人卧柳阴。
鹤睡觉时风露下,落花飞絮满衣襟。

① 牡钥:锁钥。

郁郁苍髯真道友,丝丝红萼是乡人〔一〕。
何时翠竹江村路,送我柴门月色新。
〔一〕自注:苍髯,松也。红萼,海棠也。

临城道中作[一]

予初赴中山,连日风埃,未尝了了①见太行也。今将适岭表,颇以是为恨。过临城内丘,天气忽清彻。西望太行,草木可数,冈峦北走,崖谷秀杰。忽悟叹曰:吾南迁其速返乎?退之衡山之祥也。书以付迈②使志之。

逐客何人著眼看,太行千里送征鞍。
未应愚谷能留柳,可独衡山解识韩。

〔一〕并引。自此以下,南迁岭表之诗。

① 了了:清清楚楚。② 迈:苏迈,字维康,苏轼长子。

予前后守倅余杭凡五年,夏秋之间,蒸热不可过,独中和堂东南颊下瞰海门,洞视万里,三伏常萧然也。绍圣元年六月,舟行赴岭外,热甚,忽忆此处而作是诗

忠孝王家千柱宫,东坡作吏五年中。
中和堂上东南颊①,独有人间万里风。

① 颊:堂内正室旁边的房间。

慈湖夹阻风五首

捍索桅竿立啸空,篙师①酣寝浪花中。
故应菅蒯②知心腹,弱缆能争万里风。

① 篙师：撑船的熟手。② 菅蒯（jiān kuǎi）：茅草之类，可编绳索。

此生归路愈茫然，无数青山水拍天。
犹有小船来卖饼，喜闻虚落①在山前。

① 虚落：墟落，村庄。

我行都是退之诗，真有人家水半扉。
千顷桑麻在船底，空余石发①挂鱼衣②。

① 石发：生于水边石上的苔藻。② 鱼衣：水苔。

日轮亭午汗珠融，谁识南讹①长养功。
暴雨过云聊一快，未妨明月却当空。

① 南讹：指夏季。

卧看落月横千丈，起唤清风得半帆。
且并①水村欹侧过，人间何处不巉岩②。

① 并：傍。② 巉（chān）岩：形容险峻陡峭、山石高耸的样子。

宿建封寺，晓登尽善亭，望韶石三首

双阙浮光照短亭，至今猿鸟啸青荧。
君王自此西巡狩，再使鱼龙舞洞庭①。

① 鱼龙舞洞庭：传说黄帝张咸池之乐于洞庭湖，鱼龙俱舞。后多用于指演奏盛大音乐。

蜀人文赋楚人辞①，尧在崇山舜九疑②。
圣主若非真得道，南来万里亦何为。

①"蜀人"句：指司马相如的赋，屈原的楚辞。②"尧在"句：相传尧葬于崇山，舜葬于九疑山。

岭海东南月窟西，功成天已锡①元圭②。
此方定是神仙宅，禹亦东来隐会稽。

① 锡：通"赐"，赐与。② 元圭（guī）：一种黑色的玉器，上尖下方，古代用以赏赐建立特殊功绩的人。

食荔枝二首〔一〕

惠州太守东堂祠故相陈文惠公。堂下有公手植荔枝一株，郡人谓之将军树。今岁大熟，赏啖之余，下逮吏卒。其高不可致者，纵猿取之。

罗浮山下四时春，卢橘杨梅次第新。
日啖荔枝三百颗，不辞长作岭南人。

〔一〕并引。前一首五律未抄。

三月二十九日二首

南岭过云开紫翠,北江飞雨送凄凉。
酒醒梦回春尽日,闭门隐几坐烧香。

门外橘花犹的皪,墙头荔子已斓斑。
树暗草深人静处,卷帘欹枕卧看山。

纵笔三首

寂寂东坡一病翁,白须萧散满霜风。
小儿误喜朱颜在,一笑那知是酒红。

父老争看乌角巾,应缘曾现宰官身。
溪边古路三叉口,独立斜阳数过人。

北船不到米如珠,醉饱萧条半月无。
明日东家当祭灶,只鸡斗酒定膰①吾。

① 膰(fán):送给祭肉。

次韵子由赠吴子野先生二绝句〔一〕

马迹车轮满四方,若为闭暑小茅堂。
仙心欲捉左元放①,痴疾还同顾长康②。

〔一〕施注：吴子野，名复古，一字远游，潮州人。东坡与一见，论出世间法。尝著《养生论》一篇，为子野作也。与游二十余年，南迁至真、扬间。见子野，无一语及得丧休戚事，独告坡曰："邯郸之梦，犹足破妄而归真；目见而身履之，亦可以悟矣。"未几，南归，访东坡于惠，过子由于循。坡徙儋耳，子野又从之，为作《远游庵铭》送坡。北归，遇疾而殂。以文祭之曰："呜呼子野！道与世违。寂默自求，阖门垂帏。兀尔坐忘，有似子微。或似壶子，杜气发机。急人缓己，忘其渴饥。送我北还，中道敝衣。有疾不药，但却甘肥。问以后事，一笑而麾。"可以知其人矣！

① 左元放：左慈，字元放，东汉末著名方士，有仙术。② 顾长康：即顾恺之。顾恺之有三绝，画绝、才绝及痴绝。

江令苍苔围故宅，谢家语燕集华堂。
先生笑说江南事，只有青山绕建康①。

① 建康：即南京。

被酒①独行遍至子云、威、徽、先觉四黎之舍三首

半醒半醉问诸黎，竹刺藤梢步步迷。
但寻牛矢觅归路，家在牛栏西复西。

① 被酒：醉酒。

总角黎家三四童，口吹葱叶送迎翁。
莫作天涯万里意，溪边自有舞雩风①。

① 舞雩（yú）风：《论语·先进》："浴乎沂，风乎舞雩，咏而归。"雩，古代求雨的一种祭祀。

符老风情奈老何,朱颜减尽鬓丝多。
投梭①每因东邻女,换扇唯逢春梦婆[一]②。

〔一〕自注:是日,复见符林秀才,言换扇事。

① 投梭:织布时来回投射梭子,指织布。② 春梦婆:宋赵令畤《侯鲭录》载,苏轼贬官昌化,遇一老妇,对苏轼说内翰昔日富贵,一场春梦!里人因呼此妇为"春梦婆"。后用为感叹变幻无定的富贵荣华。

题过所画枯木竹石三首

老可①能为竹写真,小坡②今与石传神。
山僧自觉菩提长,心境都将付卧轮。

① 老可:文与可,名同,宋代画家。② 小坡:指苏东坡之子苏过,称其子为小东坡。

散木①支离得自全,交柯②蚴蟉③欲相缠。
不须更说能鸣雁,要以空中得尽年。

① 散木:原指因无用而享天年的树木,后多喻天才之人或全真养性、不为世用之人。② 交柯蚴蟉(yòu liú):交柯,交错的树枝。③ 蚴蟉:树木盘曲纠结貌。

倦看涩勒①暗蛮村,乱棘孤藤束瘴根。
唯有长身六君子②,猗猗犹得似淇园。

① 涩勒:竹的一种,岭南名竹。② 长身六君子:指竹。

澄迈驿通潮阁二首

倦客愁闻归路遥,眼明飞阁俯长桥。
贪看白鹭横秋浦,不觉青林没晚潮。

余生欲老海南村,帝遣巫阳招我魂。
杳杳天低鹘没处,青山一发是中原。

合浦愈上人以诗名岭外,将访道南岳,留诗壁上云:闲伴孤云自在飞。东坡居士过其精舍,戏和其韵

孤云出岫岂求伴,锡杖①凌空自要飞。
为问庭松尚西指,不知老奘几年〔一〕归。

〔一〕年:一作时。

① 锡杖:佛家语。僧人所持的手杖,杖头有锡环,振时作锡锡声。

书韩干二马

赤髯碧眼老鲜卑,回策如萦独善骑。
赭白紫骝①俱绝世,马中岳湛②有妍姿。

① 赭白紫骝:赭白、紫骝,均为骏马。② 岳湛:晋潘岳与夏侯湛的并称。两人过从甚密,均以文章著称。

跋王晋叔所藏画
徐熙①杏花

江左风流王谢家,尽携书画到天涯。
却因梅雨丹青曙,洗出徐熙落墨花。

① 徐熙:五代末南唐画家,善画花卉草虫。

赵昌四季

芍药

倚竹佳人翠袖长,天寒犹著薄罗裳。
扬州近日红千叶①,自是风流时世妆。

① 红千叶:指扬州芍药品种"御爱红"。

踯躅

枫林翠壁楚江边,踯躅①千层不忍看。
开卷便知归路近,剑南樵客为施丹。

① 踯躅(zhí zhú):此处为杜鹃花的别名,又名映山红。

寒菊

轻肌弱骨散幽葩,真是青裙两髻丫。
便有佳名配黄菊,应缘霜后苦无花。

山茶

游蜂掠尽粉丝黄,落蕊犹收蜜露香。
待得春风几枝在,年来杀菽有飞霜。

题灵峰寺壁

灵峰山上宝陀寺,白发东坡又到来。
前世德云①今我是,依希犹记妙高台。

① 德云:佛经中人名,善财童子所参的五十三知识之一。

赠龙光长老

斫得龙光竹两竿,持归岭北万人看。
竹中一滴曹溪水,涨起西江十八滩。

赠岭上老人

鹤骨霜髯心已灰,青松合抱手亲栽。
问翁大庾岭头住,曾见南迁几个回。

赠岭上梅

梅花开尽百花开,过尽行人君不来。
不趁青梅尝煮酒,要看细雨熟黄梅。

予初谪岭南,过田氏水阁,东南一峰,丰下锐上,里人谓鸡笼山,予更名独秀峰,今复过之,戏留一绝

倚天巉绝①玉浮屠,肯与彭郎作小姑②。
独秀江南知有意,要三二别③四三壶。

① 巉绝:险峻陡峭。② 彭郎作小姑:江西彭泽大江中的大小孤山附近江侧的澎浪矶,宋代民间将"孤"讹作"姑",将"澎浪"讹作"彭郎",于是便有彭郎为小姑婿的传说,云"彭郎者,小姑婿也"。后遂以此相传。③ 二别:指大别山与小别山。

画车二首

何人画此只轮车,便是当年欹器图①。
上易下难须审细,左提右挈免疏虞。

① 欹器:古代一种倾斜易覆的盛水器。水少则倾,中则正,满则覆。人君可置于座右以为戒。

九衢歌舞颂王明,谁恻寒泉独自清。
赖有千车能散福,化为膏雨满重城。

次韵郭功甫二首

蚤知臭腐即神奇,海北天南总是归。
九万里风安税驾,云鹏今悔不卑飞。

可怜倦鸟不知时,空羡骑鲸得所归。
玉局西南天一角,万人沙苑看孤飞。

次韵法芝举旧诗一首[一]

春来何处不归鸿,非复羸牛踏旧踪。
但愿老师真似月,谁家瓮里不相逢。

[一] 以上南迁岭外及北归之诗。

睡起闻米元章①冒热到东园送麦门冬饮子

一睡清风直万钱,无人肯买北窗眠。
开心暖胃门冬饮,知是东坡手自煎。

① 米元章:米芾,字元章,北宋书法家、画家。

洗儿[一]①

人皆养子望聪明,我被聪明误一生。
惟愿孩儿愚且鲁,无灾无难到公卿。

〔一〕以下《补遗》。

① 洗儿:旧俗,婴儿出生后三日或满月时替其洗身,称"洗儿"。

戏作贾梁道诗[一]

王凌谓贾充曰:"汝非贾梁道之子耶?乃欲以国与人。"由是观之,梁道之忠于魏也久矣。司马景王既执凌归,过梁道庙,凌大呼曰:"我亦大魏之忠臣也。"及司马病,见凌与梁道守而杀之。二人者,可谓忠义之至,精贯于神明矣。然梁道之灵,独不能已其子充之奸,至使首发成济之事,此又理之不可晓者也。故予戏作小诗云。

嵇绍似康为有子,郗超叛鉴似无孙。
如今更恨贾梁道,不杀公闾杀子元。

〔一〕并引。

戏孙公素

披扇当年笑温峤①,握刀晚岁战刘郎②。
不须戚戚如冯衍③,便与时时说李阳④。

①"披扇"句：指温峤妻从姑之女事。《世说新语》载温峤为从姑女儿觅婿，实自娶，"女以手披纱扇"笑说已知是温峤。②"握刀"句：指刘备娶孙权妹尚香事。《三国志·蜀志》载，孙尚香有诸兄之风，"侍婢百余人，皆执刀侍立"。③冯衍：后汉人，字敬通，妻子泼悍，老来将冯衍逐出，使其陷入困境。后多指个人命运多舛，境遇坎坷。④李阳：《晋书·王衍传》："（王衍）妻郭氏，好干预人事，衍不能禁。时有乡人、幽州刺史李阳，京师大侠，郭素惮之。"

刘监仓家煎米粉作饼子，余云："为甚酥？"潘邠老家造逡巡酒，余饮之云："莫作醋，错著水来否？"后数日，余携家饮郊外，因作小诗戏刘公，求之

野饮花间百物无，杖头惟挂一葫芦。
已倾潘子错著水，更觅君家为甚酥①。

①为甚酥：东坡在黄州曾赴何秀才会，食油果甚酥，问主人此为何名，主人对以无名，东坡又问为甚酥。坐客皆曰"是可以为名矣"。

元祐元年二月八日，朝退，独在起居院读《汉书·儒林传》感申公故事，作小诗一绝

寂寞申公谢客时，自言已见穆生几。
绔襦下吏明堂废，又作龙钟病免归①。

①"绾臧""又作"二句:汉司马迁《史记·儒林列传·申公》载,汉武帝重用申公弟子王臧、赵绾,议立明堂以朝诸侯。窦太后好老子言,不悦儒术,得绾、臧之过使其下狱死,皇上因废明堂。申公亦以病免归。龙钟,年老行动不便。申公年已八十岁,故称。

过子忽出新意以山芋作玉糁羹,色香味皆奇绝,天上酥陀则不可知人间决无此味也

香似龙涎仍酽白,味如牛乳更全清。
莫将南海金齑脍,轻比东坡玉糁羹。

撷菜[一]

吾借王参军地种菜,不及半亩,而吾与过子终年饱菜。夜半饮醉,无以解酒,辄撷菜煮之。味含土膏,气饱风露,虽粱肉①不能及也。人生须底物而更贪耶?乃作四句。
秋来霜露满东园,芦菔②生儿芥有孙。
我与何曾③同一饱,不知何苦食鸡豚。
〔一〕并引。

①粱肉:指精美的饭食。②芦菔(fú):即萝卜。③何曾:《晋书·何曾传》载,何曾生性豪奢,厨膳滋味过于王者,食日万钱,犹说无下筷处。

陆放翁七绝上

一百七十首

东阳①道中

风欹乌帽②送轻寒,雨点春衫作碎斑。
小吏知人当著句,先安笔砚对溪山。

① 东阳:在今浙江金华。② 风欹乌帽:风吹歪了戴在头上的乌纱帽。

以石芥①送刘韶美礼部,刘比酿酒劲甚,因以为戏二首

古人重改阳城②驿,吾辈欣闻石芥③名。
风味可人终骨鲠,尊前真见鲁诸生。

① 石芥:石蕊的别名。石蕊,地衣的一种,生长在寒冷地带,灰白色或淡黄色。② 阳城:唐代羊亢宗,名阳城。③ 石芥:此处以石芥谐音北宋石介。

长安官酒甜如蜜,风月虽佳懒举觞。
持送盘蔬还会否,与公新酿①斗端方。

① 新酿:新酿造的酒。

买鱼二首

卧沙细肋①何由得?出水纤鳞却易求。
一夏与僧同粥饭,朝来破戒醉新秋。

① 卧沙细肋:指鸡。鸡习性喜卧沙。三国曹操以"鸡肋"为口令,杨修解释鸡肋食之无味,弃之可惜,内涵退兵之意。

两京①春荠论斤卖,江上鲈鱼不直钱。
斫脍②捣齑③香满屋,雨窗唤起醉中眠。

① 两京:宋代的两京为开卦府和河南府,但南宋两京沦陷,此或指南宋都城临安。② 斫脍:薄切鱼片。③ 齑:捣碎的姜、蒜或韭菜碎末儿。

悲秋

烟草凄迷八月秋,荒村络纬①戒衣裘。
道人大欠修行力,平地闲生尔许愁。

① 络纬:虫名。即莎鸡,俗称络丝娘、纺织娘。夏秋夜间振羽作声,声如纺线,故名。

七月十四夜观月

不复微云滓①太清,浩然风露欲三更。
开帘一寄平生快,万顷空江著月明。

① 滓（zǐ）：沾染，玷污。

十月苦蝇二首

村北村南打稻忙，浮云吹尽见朝阳。
不宜便作晴明①看，扑面飞蝇未退藏。

① 晴明：天空明朗，光线充足无云雾。

十月江南未拥炉，痴蝇扰扰①莫嫌渠。
细看岂是坚牢物？付与清霜为扫除。

① 扰扰：纷乱、烦乱的样子。

重阳

照江丹叶一林霜，折得黄花更断肠。
商略①此时须痛饮，细腰宫②畔过重阳。

① 商略：品评。② 细腰宫：楚离宫名。因楚灵王特别喜欢细腰女子在宫内轻歌曼舞，不少宫女为求媚于王，少食忍饿，以求细腰，故亦称"细腰宫"。

秋风亭拜寇莱公①遗像二首[一]

江上秋风宋玉②悲,长官手自葺茅茨③。
人生穷达谁能料?蜡泪成堆又一时。

〔一〕以下皆入蜀以后之诗。

① 寇莱公:寇准,字平仲,北宋人。② 宋玉:战国时楚国诗人,因作《九辩》,被称为悲秋之祖。③ 葺(qì)茅茨(cí):修葺茅草盖的屋顶。

豪杰何心后世名,材高遇事即峥嵘。
巴东诗句澶州策,信手拈来尽可惊。

倚阑

故山未敢说归期,十日相随又别离。
小雨初收残照晚,阑干①西角立多时。

① 阑干:古时建筑物附加的用竹、木、金属或石头等制成的遮拦物。

谢张廷老司理录示山居诗二首

憔悴经年客瘴乡①,把君诗卷意差强。
古人三语犹嗟赏,况是珠玑②满锦囊。

① 瘴乡：指南方有瘴气的地方。② 珠玑：这里喻优美的诗文或词藻。

老觉人间万事非，但思茅屋映疏篱。
秋衾①已是饶归梦，更读山居二首诗。

① 秋衾（qīn）：秋被。

大安病酒留半日，王守复来招，不往，送酒解酲，因小饮江月馆

江驿春酲①半日留，更烦送酒为扶头。
柳花漠漠②嘉陵岸，别是天涯一段愁。

① 春酲（chéng）：春日醉酒后的困倦。② 柳花漠漠：形容柳花密布。

和高子长参议道中二绝

梁州四月晚莺啼，共忆扁舟罨画溪〔一〕①。
莫作世间儿女态，明年万里驻安西②。

〔一〕罨画溪在越州，思乡也。

① 罨（yǎn）画溪：溪名，在今浙江长兴。② 安西：唐代在西域设置的六大都护府之一。

丰年食少厌儿啼,觅得微官落五溪。
大似无家老禅衲①,打包还度栈云西。

① 老禅衲:老僧人。

自三泉泛嘉陵至利州

日日邅途①处处诗,书生活计绝堪悲。
江云垂地滩风急,一似前年上硖②时。

① 邅(zhān)途:坎坷的道路。② 硖(xiá):硖石,地名,在浙江。

仙鱼铺得仲高兄①书

病酒今朝载卧舆,秋云漠漠雨疏疏。
阆州城北仙鱼铺②,忽得山阴万里书。

① 仲高兄:陆游的堂兄。② 仙鱼铺:为递铺,即驿站,属阆州阆中。

剑门道中遇微雨

衣上征尘杂酒痕,远游无处不消魂。
此身合①是诗人未?细雨骑驴入剑门②。

① 合：应该。② 入剑门：宋孝宗乾道八年（1172），陆游调任成都府路安抚司参议官，途经剑门关。

剑门城北，回望剑关诸峰，青入云汉①，感蜀亡事，慨然有赋

自昔英雄有屈信，危机变化亦逡巡。
阴平穷寇②非难御，如此江山坐付人。

① 云汉：指天空。② 穷寇：残敌。

越王楼二首

上尽江边百尺楼，倚栏极目暮江秋。
未甘便作衰翁在，两脚犹堪蹋①九州。

① 蹋：踏，踩。

蒲萄①酒绿似江流，夜燕唐家帝子楼。
约住管弦呼羯鼓②，要渠打散醉中愁。

① 蒲萄：即葡萄。② 羯（jié）鼓：我国古代一种鼓，两面蒙以公羊皮。

和谭德称送牡丹二首

洛阳春色擅①中州,檀晕②鞓红③总胜流。
憔悴剑南人不管,问渠情味似依不?

①擅:独揽,压倒,胜过。②檀晕:形容浅赭色,因与妇女眉旁的晕色相似,故称。③鞓(tīng)红:指花色深红。

吾生何拙亦何工,忧患如山一笑空。
犹有余情被花恼①,醉搔②华发倚屏风。

①被花恼:指惜花,因恐花凋落而惆怅。②搔:挠,用手指甲轻刮。

思政堂东轩偶题

羁愁酒病两无聊,小篆吹香①已半消。
唤起十年闽岭梦,赪桐②花畔见红蕉〔一〕③。
〔一〕先生尝为福州宁德主簿,故曰闽岭梦。

①吹香:散发香气。②赪桐:落叶灌木。叶大花艳,色红如火,可供观赏。又名贞桐花、百日红、状元红。③红蕉:指红色美人蕉。

荔枝楼小酌二首

碧瓦朱栏已半摧,强呼歌舞试樽罍①。
邦人莫讶心情懒,新出莺花海②里来。

① 樽罍:樽与罍皆盛酒器,罍似坛。亦指饮酒。② 莺花海:谓繁盛的地区,景色烂漫的都市。

病与愁兼怯酒船,巴歌①闻罢更凄然。
此身未死长为客,回首夔州②又二年。

① 巴歌:蜀中民歌。② 夔(kuí)州:在今四川奉节境内,陆游曾在夔州主管学事兼管内劝农事。

醉中作四首

晚途豪气未低摧,一饮犹能三百杯。
烂烂目光方似电,齁齁①鼻息忽如雷。

① 齁(hōu)齁:熟睡时的鼻息声。

驾鹤孤飞万里风,偶然来憩大峨①东。
持杯露坐无人会,要看青天入酒中。

① 大峨:四川峨眉山有大峨、中峨、小峨,大峨为三峰之一。

曾赐琳腴①白玉京②,狂歌起舞蜀人惊。
却骑黄鹤横空去,今夕垂虹醉月明。

①琳腴:犹言玉液琼浆,借指美酒。②白玉京:指天帝所居之处。

画角三终夜未阑①,醉凭飞阁喜天宽。
月明满地江风急,吹落幽人紫绮冠。

①阑:残,尽,晚。

池上见鱼跃有怀姑熟旧游

雨过回塘涨碧漪①,幽人闲照角巾欹。
银刀忽裂圆波出,宛似姑溪晚泊②时。

①碧漪:清澈的水波,亦泛指绿水。②泊:停船靠岸。

秋夜读书戏作

别驾生涯似蠹鱼①,简编垂老未相疏②。
也知赋得寒儒分,五十灯前见细书。

①蠹(dù)鱼:蛀虫名,有银白细鳞,常蛀食衣服书籍。②疏:此指分条说明的文字。

太平花[一]①

扶床踉跄出京华,头白车书未一家。
宵旰②至今劳圣主,泪痕空对太平花。

〔一〕原注:花出剑南,似桃四出,千百包骈萃成朵。天圣中,献至京师,仁宗赐名太平花。

① 太平花:又名京山梅花、太平瑞圣花。太平花相传出四川青城山中,蜀人称之为"丰瑞花",宋天圣中献至京师,仁宗赐名为"太平瑞圣花"。② 宵旰(gàn):宵衣旰食,即天不亮就穿衣起床,天晚了才吃饭歇息。

次韵周辅道中二首

山灵喜我马蹄声,正用此时秋雨晴。
日淡风斜江上路,芦花①也似柳花轻。

① 芦花:芦苇的白色花毛。

从来重九①如寒食②,天气微阴正自佳。
莫问茱萸赐朝士③,一尊随处有黄花。

① 重九:即重阳,阴历九月九日。② 寒食:在清明前一日或二日。③ 朝士:朝廷之士,泛称中央官员。

高秋亭①

三日山中醉复醒,径归回首愧山灵。
从今惜取观书眼,长看天西万叠青。

① 高秋亭:陆游在淳熙元年(1174)九月游大邑高秋亭后作。高秋亭在大邑西面。

九日试雾中僧所赠茶

少逢重九事豪华,南陌雕鞍①拥钿车②。
今日蜀州生白发,瓦炉独试雾中茶。

① 雕鞍:雕饰有精美图案的马鞍。② 钿(diàn)车:用金宝嵌饰的车子。

花时遍游诸家园十首

看花南陌①复东阡②,晓露初干日正妍。
走马碧鸡坊③里去,市人唤作海棠颠。

① 南陌:南面的道路。② 东阡:东边的小路。③ 碧鸡坊:在今四川成都,其地所种海棠特富艳。

为爱名花抵死狂，只愁风日损红芳。
绿章①夜奏通明殿②，乞借春阴护海棠。

① 绿章：即青词。旧时道士祭天时所写的奏章表文，用朱笔写在青藤纸上，故名。② 通明殿：传说中玉帝的宫殿。

翩翩①马上帽檐斜，尽日寻春不到家。
偏爱张园好风景，半天高柳卧溪花。

① 翩翩：举止洒脱。

花阴扫地置清尊①，烂醉归时夜已分。
欲睡未成欹倦枕，轮囷②帐底见红云。

① 清尊：酒器，亦借指清酒。② 轮囷（qūn）：盘曲的样子。

宣华①无树著蹄莺，惟有摩诃②春水生。
故老能言当日事，直将宫锦裹宫城。

① 宣华：宣华苑，五代十国前蜀后主王衍造的皇家池苑，奢华工巧。② 摩诃：摩诃池，在锦城西。

枝上猩猩血未晞，尊前红袖醉成围。
应须直到三更看，画烛如椽①为发辉。

① 椽（chuán）：承屋瓦的圆木。

重萼丹砂①品最高，可怜寂寞弃蓬蒿②。
会当车载金钱去，买取春归亦足豪。

① 丹砂：陆游自注小东门外有千叶朱砂海棠一株，绮丽绝代。② 蓬蒿：蓬草和蒿草，亦泛指草丛，草莽。

丝丝红萼弄春柔，不似疏梅只惯愁。
常恐夜寒花索寞，锦茵①银烛按凉州②。

① 锦茵：锦制的垫褥。② 按凉州：弹奏来自凉州的曲调。

飞花尽逐五更风，不照先生社酒①中。
输与新来双燕子，衔泥犹得带残红。

① 社酒：旧时于春秋社日祭祀土神，饮酒庆贺，称所备之酒为社酒。

海棠已过不成春，丝竹凄凉锁暗尘。
眼看燕脂吹作雪，不须零落①始愁人。

① 零落：凋落。

题直舍壁

文书那得废哦诗，羞作群儿了事痴①。
付与后人评此老，一丘一壑过元规②。

① 了事痴：犹言办事迷，指醉心政事。② 元规：东晋庾亮，字元规，以国舅身，历仕三朝，一时权倾朝野，人多趋附。后用以喻逼人的气焰。

观华严阁僧斋〔一〕

拂剑当年气吐虹，喑呜①坐觉朔庭空。
早知壮志成痴绝，悔不藏名万衲②中。

〔一〕原注：阁下自四月初至七月末，日饭僧数千人。

① 喑呜：悲咽。② 万衲：指僧徒。衲，僧人穿的衣服，亦指僧人。

寺楼月夜醉中戏作三首

素壁徐升天宇闲，连峰积雪苍茫间。
楼台是处可见月，无此巉巉①群玉山。

① 巉巉：形容陡峭山石突兀重叠。

水晶盏映碧琳腴，月下泠泠看似无。
此酒定从何处得？判知不是文君垆①。

① 文君垆：汉辞赋家司马相如以琴挑逗富商卓王孙新寡的女儿卓文君，文君与相如私奔在临邛卖酒，卓文君当垆。后以"文君垆"为年轻女子当垆卖酒的典故。

海山缥缈玉真妃，贪看冰轮①不肯归。
楼上三更风露冷，旋围步障②换罗衣。

① 冰轮：圆月。② 步障：古代一种用来遮挡风尘、视线的屏幕。

江渎池纳凉

雨过荒池藻荇香，月明如水浸胡床。
天公作意怜羁客①，乞与今年一夏凉。

① 羁客：旅人。

读书二首

面骨峥嵘鬓欲疏，退藏只合卧蜗庐①。
自嫌尚有人间意，射雉②归来夜读书。

① 蜗庐：狭小如蜗壳的房子。② 射雉：射猎野鸡。古代的一种田猎活动。

归老宁无五亩园，读书本意在元元①。
灯前目力虽非昔，犹课②蝇头③二万言〔一〕。
〔一〕原注：时方读小本《通鉴》。

① 元元：民众，百姓。② 课：此指学习。③ 蝇头：像苍蝇头那样小的字。

寺居睡觉二首

虚窗寂寂夜三更,灯敛残光避月明。
老懒只贪春睡美,愧闻童子诵经声。

心地安平晓梦长,忽闻鱼鼓动修廊。
披衣起坐清羸①甚,想像云堂②䉵粥③香〔一〕。
〔一〕原注:僧杂菜饵之属作粥,名䉵粥。

① 清羸:清瘦羸弱。② 云堂:僧堂,僧众设斋吃饭和议事的地方。③ 䉵(fǒu)粥:合菜共煮的粥。

海棠二首

十里迢迢①望碧鸡,一城晴雨不曾齐。
今朝未得平安报,便恐飞红已作泥。

① 迢迢:形容遥远。

蜀地名花擅古今,一枝气可压千林。
讥弹①更到无香处,常恨人言太刻深。

① 讥弹:指责缺点和错误。

杂咏四首

青羊宫①中竹暗天,白马庙畔柏如山。
琴尊②处处可消日,车马纷纷自欠闲。

① 青羊宫:道教观名,在四川成都。② 琴尊:亦作"琴樽",琴与酒樽。

石犀庙壖①江已回,陵谷一变吁可哀。
即今禾黍连云处,当日帆樯隐映来。

① 石犀庙壖(ruán):传说秦太守李冰作五石犀沉江压水怪,后人立庙祭祀李冰,号石犀庙。壖,城下田,空隙地。

微风翻翻芋叶白,落日漠漠稻花香。
出门纵辔①何所诣②?万里桥南追晚凉。

①纵辔:放开马缰,纵马奔驰。②诣(yì):前往,造访。

世事盛衰谁得知?惠陵烟草掩柴扉。
陵边人家丛竹里,灯火喧呼①迎妇归。

① 喧呼:喧闹呼叫。

夜坐

大风横吹斗柄①折,迅雷下击山壁裂。
放翁闭户寂不闻,楞严②卷尽灯花结。

① 斗柄：指北斗七星中玉衡、开阳、摇光三星。② 楞严：指《楞严经》，佛教的一部极为重要的经典。

城北青莲院方丈壁间有画燕子者，过客多题诗，予亦戏作二绝句

一双掠水燕来初，万点飞花社雨①余。
辛苦成巢君勿笑，从来吾亦爱吾庐。

① 社雨：用以指社日多雨季节。

明窗短壁拂蛛丝，常是江边送客时。
留滞①锦城生白发，不如巢燕有归期。

① 留滞：停留，羁留。

双流旅舍三首

孤市人稀冷欲冰，昏昏一盏店家灯。
开门拂榻便酣寝，我是江南行脚僧①。

① 行脚僧：指步行参禅的云游僧。

西风黄叶满江村，瘦马来穿渡口云。

动地传呼逢醉尉,谁何禁杀故将军①?

① 故将军:汉司马迁《史记·李将军列传》载,李广曾在夜里一人骑马出行,从人田间饮,还至霸陵亭。霸陵尉醉酒呵止李广,广骑曰:"故李将军。"尉曰:"今将军尚不得夜行,何乃故也!"止广宿亭下。

每因髀肉①叹身闲,聊欲勤劳鞍马间。
黑槊②黄旗端未免,会冲风雪出榆关。

① 髀(bì)肉:大腿内侧靠近大腿根的地方的肉。常年打仗骑马的人不生髀肉。② 槊(shuò):长矛,古代的一种兵器。

文君井

落魄西州泥酒杯,酒酣几度上琴台。
青鞋①自笑无羁束,又向文君井畔来。

① 青鞋:指草鞋。

山中小雨,得宇文使君简,问尝见张仙翁①乎?戏作一绝

张仙挟弹知何往,清啸穿林但可闻。
拾得铁丸无处用,为君打散四山云〔一〕。

〔一〕原注：张四郎常挟弹，视人家有灾疾者，辄以铁丸击散之。

① 张仙翁：道教祖师张道陵，名仙师，曾在鹤鸣山学道修身。

雨中山行至松风亭忽澄霁①

烟雨千峰拥髻鬟，忽看青嶂白云间。
卷藏破墨营丘笔②，却展将军著色山③。

① 澄霁：谓天色清朗。② 营丘笔：宋画家李成，善山水画，因避居营丘，故称。③ 将军著色山：唐李思训、李昭道父子，皆以画著色山水闻名于当世。

夜寒二首

清夜焚香读楚词，寒侵貂褐①叹吾衰。
轻冰满研②风声急，忽记山阴夜雪时。

① 貂褐：用貂皮制的短衣。② 研：同"砚"，砚台。

斗帐重茵①香雾重，膏粱②那可共功名。
三更骑报河冰合，铁马何人从我行。

① 重茵：双层的坐卧垫褥。② 膏粱：肥肉和细粮。泛指肥美的食物。

记梦二首

乌巾①白纻②忆当年,抵死寻春不自怜。
憔悴剑南双鬓改,梦中犹上暗门船。

① 乌巾:黑头巾。② 纻(zhù):苎麻纤维织成的布。

团脐霜蟹四腮鲈①,樽俎②芳鲜十载无。
塞月征尘身万里,梦魂也复醉西湖。

① 四腮鲈:鲈鱼的一种,松江名产,本名松江鲈。肉嫩而肥,鲜而无腥,有四腮,故称。② 樽俎:古代盛酒食的器皿。指宴席。樽以盛酒,俎以盛肉。

江上散步寻梅偶得三绝句〔一〕

小园风月不多宽,一树梅花开未残。
剥啄①敲门嫌特地,缓拖藤杖隔篱看。

〔一〕淳熙四年丁酉,五十三岁。

① 剥啄:敲门声。

钟残小院欲消魂,漠漠①幽香伴月痕。
江上人家应胜此,明朝更出小南门。

① 漠漠:浓郁。

小南门外野人家，短短疏篱缭①白沙。
红稻不须鹦鹉啄，清霜催放两三花。

① 缭：环绕。

看梅归马上戏作〔一〕

平明南出笮桥①门，走马归来趁未昏。
渐老更知闲有味，一冬强半在梅村。
〔一〕五首录二。

① 笮（zuó）桥：又名夷里桥，在今四川成都西南，因桥用竹索编成，故名。

江郊车马满斜晖，争趁南城未阖扉①。
要识梅花无尽藏，人人襟袖带香归。

① 阖（hé）扉：关门。

叙州①三首〔一〕

画船冲雨入戎州，缥缈山横杜若洲。
须信时平边堠②静，传烽夜夜到西楼〔二〕。
〔一〕自《拜寇莱公像》至此，皆久客蜀中之诗。　〔二〕原

注：州治西楼。

①叙州：故治在今四川宜宾。②边堠（hòu）：古代设置于边地以探望敌情的土堡。

文章何罪触雷霆①，风雨南溪自醉醒。
八十年间遗老尽，坏堂无壁草青青〔一〕。
〔一〕原注：无等院，山谷故居。

①雷霆：此处喻人盛怒。

楚舵吴樯又远游，浣花行乐梦西州①。
千寻铁锁还堪恨，空锁长江不锁愁〔一〕。
〔一〕原注：锁江亭。

①西州：此指成都。

龙兴寺吊①少陵先生②寓居〔一〕

中原草草失承平，戎火胡尘到两京。
扈跸③老臣身万里，天寒来此听江声〔二〕。
〔一〕以下皆出蜀之诗。 〔二〕原注：以少陵诗考之，盖以秋冬间寓此州也。寺门闻江声甚壮。

①吊：凭吊，悼惜。②少陵先生：杜甫自称少陵野老。③扈跸（hù bì）：随侍皇帝出行至某处。

归州重五〔一〕

斗舸红旗满急湍,船窗睡起亦闲看。
屈平乡国逢重五,不比常年角黍①盘。

〔一〕淳熙戊戌,五十四岁。

① 角黍:即粽子,以箬叶或芦苇叶等裹米蒸煮使熟,状如三角,故称。

楚城①

江上荒城猿鸟悲,隔江便是屈原祠。
一千五百年间事,只有滩声似旧时。

① 楚城:即楚王城,在今湖北秭归。

小雨极凉舟中熟睡至夕

舟中一雨扫飞蝇,半脱纶巾①卧翠藤②。
清梦初回窗日晚,数声柔橹下巴陵。

① 纶(guān)巾:古代用青丝带做的头巾,又名诸葛巾。
② 翠藤:用青藤做的卧具。

过灵石三峰二首

奇峰迎马骇衰翁,蜀岭吴山一洗空。
拔地青苍五千仞①,劳渠②蟠屈小诗中。

① 仞:古代长度单位,周制八尺,汉制七尺。② 渠:它,指灵石山。

晓日曈昽①雪未残,三峰杰立插云间。
老夫合是征西将,胸次②先收一华山。

① 曈昽:太阳初出由暗而明的光景。② 胸次:胸间。

梅花绝句六首〔一〕

濯锦江边忆旧游,缠头①百万醉青楼。
如今莫索梅花笑,古驿灯前各自愁。
〔一〕共十首,录四、五、六、八、九、十。

① 缠头:旧俗,赏赐歌舞之人时,以锦彩置其头上。后指赏给歌伎者的锦帛钱财为"缠头"。

蜀王小苑旧池台,江北江南万树梅。
只怪朝来歌吹闹,园官已报五分开〔一〕。
〔一〕原注:成都合江园,盖故蜀别苑,梅最盛。自初开日,监官日报府,报至五分,则府主来宴。

湖上梅花手自移，小桥风月最相宜。
主人岁岁常为客，莫怪幽香怨不知〔一〕。

〔一〕原注：余所居在山阴镜湖。

探春岁岁在天涯，醉里题诗字半斜。
今日溪头还小饮，冷官不禁看梅花。

池馆登临雪半消，梅花与我两无聊。
青羊宫①里应如旧，肠断春风万里桥。

① 青羊宫：道教观名，在四川成都。

今年真负①此花时，醉帽何曾插一枝？
渐老情怀多作恶②，不堪还作送梅诗。

① 负：辜负。② 恶：坏，不好。

建安遣兴〔一〕

绿沉金锁①少时狂，几过秋风古战场。
梦里都忘闽峤②远，万人鼓吹入平凉。

〔一〕六首，录五、六。

① 绿沉金锁：绿沉，枪名；金锁，甲名。② 闽峤（qiáo）：福建境内的山地。

刺虎①腾身万目前,白袍溅血尚依然。
圣时未用征辽将,虚老龙门一少年②。

① 刺虎:指陆游从军南郑亲自射虎事。② 龙门一少年:反用绛州龙门人薛仁贵征辽事,表达自己英雄无用武之地的愤懑。

秋怀二首

暮年身世转悠悠,又向天涯见早秋。
昨夜月明今夜雨,关人①何事总成愁?

① 关人:古代守关的官吏。

星斗阑干①河汉流,建州风物更禁秋。
年来多病题诗懒,付与鸣蛩②替说愁。

① 阑干:即栏杆,此指如栏杆般纵横交织。② 鸣蛩(qióng):即蟋蟀。

黄亭夜雨〔一〕

未到名山梦已新,千峰拔地玉嶙峋①。
黄亭一夜风吹雨,似为游人洗俗尘。

〔一〕原注:去武夷四十里。

① 嶙峋:形容山石峻峭、重叠。

紫溪驿二首[一]

它乡异县老何堪,短发萧萧不满簪。
旋买①一尊持自贺,病身安稳到江南。
[一]原注:信州铅山县。

① 旋买:当下用即买。

云外丹青①万仞梯,木阴合处子规啼。
嘉陵栈道吾能说,略似黄亭到紫溪。

① 云外丹青:指高山风景如画。

卧舆

白首躬耕已有期,凤城归路觉迟迟。
卧舆①拥被听秋雨,占尽人间好睡时。

① 舆:此处意为车厢。

夜坐

老知世事谩①纷纷,纸帐蒲团自策勋②。
一夜北风吹裂屋,石楼无耳不曾闻。

① 谩（mán）：欺诈，蒙蔽。② 策勋：记功勋于策书之上。

月岩

几年不作月岩游，万里重来已白头。
云外连娟①何所似？平羌江上半轮秋②。

① 云外连娟：弯曲而纤细，此处形容山月娇美。②"平羌"句：借用唐李白《峨眉山月歌》"峨眉山月半轮秋，影入平羌江水流"之句。

闻雁

过尽梅花把酒稀，熏笼①香冷换春衣。
秦关汉苑②无消息，又在江南送雁归。

① 熏笼：一种覆盖于火炉上供熏香、烘物和取暖用的器物。② 秦关汉苑：秦函谷关、汉上林苑，泛指广大中原沦陷地区。

灯夕有感[一]

芙蕖红绿亦参差，睡起烧香强赋诗。
万里锦城无梦到，岂惟虚负放灯时？
〔一〕淳熙庚子，五十六岁。

感旧绝句七首

鸭翎堠前山簇马,鸡踪桥下水连天。
金丹炼成不肯服,且戏人间五百年。

鹅黄酒边绿荔枝,摩诃池上纳凉时。
冰纨不画骖鸾女①,却写江南白纻辞②。

① 骖(cān)鸾女:驾驭鸾鸟云游的仙女。② 白纻(zhù)辞:即《白纻词》,乐府吴舞曲名。

南市夜夜上元灯①,西邻日日是清明。
青毡犊车碾花去,黄金马鞭穿柳行。

① 上元灯:上元节的灯火。农历正月十五日为上元节,也叫元宵节。

十月新霜兔正肥,佳人骏马去如飞。
纤腰袅袅①戎衣②窄,学射山前看打围。

① 袅袅:体态柔美的样子。② 戎衣:军服,战衣。

半红半白官池莲,半醒半醉女郎船。
鸳鸯惊起何曾管?折得双头①喜欲颠〔一〕。

〔一〕首句原注:江渎庙池。

① 双头:同一枝上并开的两朵。

红叶琵琶出嘉州,四弦①弹尽古今愁。

胡沙漫漫紫塞晓,汉月娟娟青冢②秋。

① 四弦:指琵琶。因有四弦,故称。② 青冢:此处指昭君墓。

美人传酒清夜阑,欲歌未歌愁远山。
蒲萄一斗元无价,换得凉州也是闲。

昼卧闻百舌

雨后郊原已遍犁,阴阴帘幕燕分泥。
闲眠不作华胥计①,说与春乌②自在啼〔一〕。
〔一〕原注:江南呼百舌为春乌。

① 华胥计:华胥指理想的安乐和平之境,或作梦境的代称。② 春乌:百舌鸟的别名。

观蔬圃

菘芥①可菹芹可羹,晚风咿呀桔槔②声。
白头孤宦成何味?悔不畦蔬过此生。

① 菘(sōng)芥:菘,即白菜;芥,即芥菜。② 桔槔:一种原始的汲水工具。

焚香昼睡①,比觉②香犹未散,戏作二首

小屏烟树远参差,吏散身闲与睡宜。
谁似炉香念幽独?伴人直到梦回时。

① 睡:打瞌睡。② 比觉(jiào):等到睡醒后。

燕梁寂寂篆烟①残,偷得劳生数刻闲。
三叠秋屏护琴枕②,卧游忽到瀼西山。

① 篆(zhuàn)烟:盘香的烟缕。② 琴枕:形如古琴的竹枕。

薙①庭草

露草烟芜②与砌平,群蛙得意乱疏更。
微凉要作安眠地,放散今宵鼓吹声。

① 薙(tì):除草。② 烟芜:云烟迷茫的草地。

夏日昼寝,梦游一院,阒然无人,帘影满堂,惟燕蹋筝弦有声。觉而闻铁铎风响璆然①,殆所梦也邪?因得绝句

桐阴清润雨余天,檐铎摇风破昼眠。
梦到画堂人不见,一双轻燕蹴②筝弦。

①璆（qiú）然：形容佩玉相击声。②蹴：踢踏，此指弹拨。

书李商叟①秀才所藏曾文清诗卷后

陇蜀归来两鬓丝，茶山已作隔生期。
西风落叶秋萧瑟，泪洒行间读旧诗。

①李商叟：临川人，举茂才，曾学诗于曾茶山，官至知州。

社日小饮

社日西风吹角巾，一尊强醉汝江滨。
杏梁①燕子还堪恨，归去匆匆不报人。

①杏梁：文杏木所制的屋梁。

杭头晚兴二首

山色苍寒野色①昏②，下程初闭驿亭门。
不须更把浇愁酒，行尽天涯惯断魂。

①野色：原野或郊野的景色。②昏：暮色，黄昏。

落叶孤村晚下程①,痴云残日半阴晴。
篝炉火暖床敷②稳,卧听黄鸦谷谷声。

① 下程:停驻,休憩。② 床敷:床铺。

予欲自严买船下七里滩,谒严光祠而归,会滩浅,陆行至桐庐,始能泛江,因得绝句

客星祠下渺烟波,欠我扁舟舞短蓑。
不为穷冬①怕滩恶,正愁此老笑人多。

① 穷冬:隆冬,深冬。

渔浦二首

桐庐①处处是新诗,渔浦②江山天下稀。
安得移家常住此,随潮入县伴潮归。

① 桐庐:即今浙江桐庐。② 渔浦:江河边打鱼的出入口处。

渔翁持鱼叩舷卖,炯炯①绿瞳双脸丹。
我欲从之逝已远,菱歌②一曲暮江寒。

① 炯炯:目光明亮。② 菱歌:采菱时唱的歌。

小园四首[一]

小园烟草接邻家,桑柘①阴阴一径斜。
卧读陶诗②未终卷,又乘微雨去锄瓜。

〔一〕淳熙八年辛丑,五十七岁。

① 桑柘(zhè):桑木与柘木,亦可指农桑。② 陶诗:陶渊明的诗。

历尽危机歇尽狂,残年惟有付耕桑①。
麦秋天气朝朝变,蚕月②人家处处忙。

① 耕桑:种田与养蚕。亦泛指从事农业。② 蚕月:农历三月,蚕忙时期。

村南村北鹁鸪①声,水刺新秧漫漫②平。
行遍天涯千万里,却从邻父学春耕。

① 鹁鸪(bó gū):即斑鸠,羽毛黑褐色,天要下雨或刚晴的时候,常在树上咕咕地叫。② 漫漫:广远无际的样子。

少年壮气吞残虏,晚觉丘樊①乐事多。
骏马宝刀俱一梦,夕阳闲和饭牛歌②。

① 丘樊:山林乡村,亦指隐居之处。② 饭牛歌:古歌名。相传春秋时卫人宁戚喂牛于齐国东门外,待桓公出,扣牛角而唱此歌。后用作寒士自求用世的典故。

夜坐独酌

玉宇沉沉夜向阑,跨空飞阁倚高寒。
一壶清露①来云表,聊为幽人洗肺肝。

① 清露:此指酒。

湖村月夕四首

客路风尘化素衣,闲愁冉冉鬓成丝。
平生不负月明处,神女庙前闻竹枝①。

① 竹枝:乐府名,本出自巴渝。唐刘禹锡谪其地后,更为盛行。后人以七绝咏土俗琐事,多谓竹枝词。

锦城①曾醉六重阳,回首秋风每断肠。
最忆铜壶门②外路,满街歌吹月如霜。

① 锦城:即成都。② 铜壶门:宋时成都铜壶阁附近门名。

金尊翠杓①犹能醉,狐帽貂裘不怕寒。
安得骅骝三万匹,月中鼓吹渡桑乾。

① 翠杓(sháo):嵌翡翠的酒器。

谁持绿酒醉幽人,鹤氅筇枝①发兴新。

今夜湖边有奇事,青山缺处涌冰轮②。

①筇(qióng)枝:竹杖。②冰轮:圆月。

蔬圃绝句七首

拟种芜菁已是迟,晚菘早韭恰当时。
老夫要作斋盂①备,乞得青秧趁雨移。

①斋盂:准备好像出家人一样所食用的汤菜。斋,佛教、道教等教徒、道徒吃的素食。盂,盛饭的器皿。

百钱新买绿蓑衣①,不羡黄金带十围②。
枯柳坡头风雨急,凭谁画我荷锄归。

①绿蓑衣:用绿棕榈皮编成的雨衣。②黄金带十围:古时官员的腰带饰以黄金,故名。喻高官厚禄。

青青蔬甲①早寒天,想像登盘已堕涎。
更欲锄畦向东去,园丁来报竹行鞭②。

①蔬甲:蔬菜的萌芽。②竹行鞭:竹子八月生根,称之行鞭,可以挖取栽种。

瓦叠浮屠①盆作池,池边红蓼②两三枝。
贪看忘却还家饭,恰似儿童放学时。

①浮屠:佛塔。②红蓼(liǎo):蓼的一种。多生水边,花呈

淡红色。

小桥只在槿篱①东，沟水穿篱曲折通。
烟雨空蒙②最堪乐，从教打湿败天公。

① 槿篱：木槿篱笆。② 空蒙：细雨迷茫的样子。

冲雨冲风不怕寒，晚来日出短蓑干。
绕畦拾块①真为乐，莫作陶公运甓②看。

① 块：土块。② 陶公运甓（pì）：形容人为实现宏伟抱负而苦励心志。典出《晋书·陶侃传》："侃在州无事，辄朝运百甓于斋外，暮运于斋内。人问其故，答曰：'吾方致力中原，过尔优逸，恐不堪事。'"

懒随年少爱花狂，且伴群儿斗草①忙。
行遍山南山北路，归时新月浸横塘②。

① 斗草：又称斗百草，是民间流行的一种游戏，属于端午民俗。② 横塘：泛指水塘。

蔬园杂咏五首

菘

雨送寒声满背蓬，如今真是荷锄翁①。
可怜遇事常迟钝，九月区区种晚菘。

① 荷锄翁：从事农耕的老翁，此为陆游自称。

芜菁

往日芜菁①不到吴,如今幽圃手亲锄。
凭谁为向曹瞒②道,彻底无能合种蔬。

① 芜菁:二年生草本,别名蔓菁、诸葛菜、圆菜头、盘菜等。
② 曹瞒:曹操,小字阿瞒。

葱

瓦盆麦饭伴邻翁,黄菌青蔬放箸空。
一事尚非贫贱分,芼羹①僭用②大官葱〔一〕。
〔一〕原注:乡圃有大官葱,比常葱差小。

① 芼(mào)羹:用菜和肉做成的羹。② 僭(jiàn)用:越分使用。

巢

昏昏雾雨暗衡茅①,儿女随宜治酒肴。
便觉此身如在蜀,一盘笼饼是豌巢〔一〕②。
〔一〕原注:蜀中杂麑肉为巢馒头,佳甚。

① 衡茅:衡门茅屋,简陋的居室。② 豌巢:大巢菜,亦称野豌豆。

芋

陆生昼卧腹便便,叹息何时食万钱?
莫诮蹲鸱①少风味,赖渠撑拄②过凶年。

① 蹲鸱(chī):此指大芋,因状如蹲伏的鸱,故称。② 撑拄:维持。

秋雨渐凉有怀兴元三首〔一〕

八月山中夜渐长,雨声灯影共凄凉。
遥知南郑①风霜早,已有寒熊犯②猎场。

〔一〕兴元,今汉中府南郑附郭县也。

① 南郑:今陕西汉中,宋代为四川宣抚司治所。② 犯:侵入,袭击。

十年前在古梁州,痛饮无时不惯愁。
最忆夜分歌舞歇,卧听秦女擘箜篌①。

① 箜篌:古代传统拨弦乐器。

清梦初回秋夜阑,床前耿耿一灯残。
忽闻雨掠蓬窗过,犹作当时铁马①看。

① 铁马:披铠甲的战马。

秋夜观月二首

梦回残烛耿①房栊②,杳杳江天叫断鸿③。
病骨不禁风露重,披衣小立月明中。

① 耿:光明,此指照亮。② 房栊(lóng):住室窗户。也泛指房屋。③ 断鸿:失群的大雁,孤雁。

谁琢天边白玉盘①,亭亭②破雾上高寒。
山房无客儿贪睡,常恨清光独自看。

① 白玉盘:喻圆月。② 亭亭:高耸直立的样子。

枕上

香冷灯昏梦自惊,清愁冉冉带余酲①。
夜长谁作幽人伴,惟是蛩声②与月明。

① 余酲:指宿醉。② 蛩(qióng)声:蟋蟀的鸣声。

月下

月白庭空树影稀,鹊栖不稳绕枝飞。
老翁也学痴儿女,扑得流萤露湿衣。

寄题朱元晦武夷精舍①五首

先生结屋绿岩边,读易悬知屡绝编②。
不用采芝惊世俗,恐人谤道是神仙。

① 朱元晦武夷精舍:理学家朱熹在武夷山五曲隐屏峰下创建紫阳书院,并于此从事著述、讲学活动。朱熹,字元晦,又字仲晦,号晦庵。② 绝编:孔子读《易》"韦编三绝"。

蝉蜕岩间果是无，世人妄想可怜渠。
有方为子换凡骨，来读晦庵新著书。

身闲剩①觉溪山好，心静尤知日月长。
天下苍生未苏息②，忧公遂与世相忘。

① 剩：更，更加。② 苏息：更生，恢复。

齐民本自乐衡门，水旱那知不自存。
圣主忧勤常旰食，烦公一一报曾孙。

山如嵩少三十六，水似邛郲九折途。
我老正须闲处著，白云一半肯分无？

无题

碧玉当年未破瓜①，学成歌舞入侯家。
如今憔悴篷窗里，飞上青天妒落花。

① 破瓜：旧称女子十六岁为"破瓜"。

游仙五首〔一〕

飘飘鸾鹤①杳难攀，万里东游海上山。
应有世人遥稽首②，紫箫馀调落云间。

〔一〕罗涧谷选放翁诗有《游仙》七古一首，即《飘飘》《初珥》《玉殿》三绝句合成者。

① 鸾鹤：鸾与鹤，相传为仙人所乘。② 稽（qǐ）首：古时的一种跪拜礼，叩头至地，九拜礼中最恭敬的礼节。

凤舞鸾歌宴蕊宫①，碧桃花下醉千钟②。
红尘谪满重归去，花未开残宴未终。

① 蕊宫：即蕊珠宫，道教经典中所说的仙宫。② 千钟：千盅，千杯。极言酒多或酒量大。

玄圃①春风赐宴时，双成独奏玉参差。
侍晨饮醮②虚皇喜，一段龙绡③索进诗。

① 玄圃：又称县圃、平圃、元圃，是神话传说中昆仑山顶的神仙居处。② 饮醮（jiào）：喝尽杯中酒。③ 龙绡（xiāo）：即鲛绡，传说中鲛人所织的绡。亦借指薄绢、轻纱。

初珥金貂谒紫皇①，仙班最近玉炉香。
为怜未惯丛霄冷，独赐流霞九酝②觞。

① 紫皇：道教传说中最高的神仙。② 九酝（yùn）：一种经过重酿的美酒。

玉殿吹笙第一仙，花前奏罢色凄然。
忆曾偷学春愁曲，谪在人间五百年。

卷二十八

陆放翁七绝下

四百八十二首

湖村野兴二首

十里疏钟①到野堂②,五更残月伴清霜。
已知无奈姮娥③冷,瘦损梅花更断肠。

① 疏钟:钟声稀疏。② 野堂:乡间的房屋。③ 姮娥:嫦娥;代指月亮。

山色空蒙①雨点微,醉中不觉湿蓑衣。
何妨乞与丹青本②,一棹横冲翠霭归。

① 空蒙:形容迷茫的境界。② 丹青本:指图画、绘画。

中秋雨霁,月色入户,起,饮酒一杯,作绝句

吹尽浮云天宇清,城头叠鼓①报三更。
平生②无此一杯酒,玉笥峰③头看月生〔一〕。
〔一〕原注:玉笥山在石帆之南。

① 叠鼓:指连续的击鼓声。② 平生:往常,平日。③ 玉笥(sì)峰:山名。陆游《游镜湖》自注:"玉笥峰在会稽山南。"笥,竹箱。

溪上醉吟

行行不知溪路深,但怪素月①生遥岑②。
不辞醉袖拂花絮,与子更醉青萝阴。

① 素月:皎洁的月亮。② 遥岑:远处的山崖。

乡人或病予诗多道蜀中遨乐之盛,适春日游镜湖,共请赋山阴风物,遂即杯酒间作四绝句,却当持以夸西州故人也〔一〕

嫩日①轻云淡沲②天,扑灯③过后卖花④前。
便从水阁杭湖去,卷起朱帘上画船。

〔一〕淳熙十一年甲辰,六十岁。

① 嫩日:指和煦的阳光。② 淡沲:形容春日风光明丽。
③ 扑灯:借指时间。④ 卖花:借指时间,清明时。

舫子①窗扉面面开,金壶桃杏间尊罍。
东风忽送笙歌近,一片楼台泛水来②。

① 舫子:连舫,撬(qiào)舫船,两船并连的双体船。② 泛水来:画舫游湖的娱乐场景。

湖波绿似鸭头深①,一日春晴直万金。
好事谁家斗歌舞?方舟齐榜出花阴。

① 鸭头深：以鸭头的深绿色来描写江水的绿。

花光柳色满墙头，病酒①今朝懒出游。
却就水亭开小宴，绣帘银烛看归舟。

① 病酒：因饮酒过量而沉醉。

柯桥客亭二首

小市初晴已过春，朱樱青杏一番新。
灞陵老子①无人识，暂借邮亭整角巾。

① 灞陵老子：指李广，又称灞陵老将。后以"灞陵老将"指失势受辱。

梅子生仁①燕护雏，绕檐新叶绿扶疏②。
朝来酒兴不可耐，买得钓船双鳜鱼③。

① 仁：指果实的内部。② 扶疏：枝叶繁茂纷披的样子。③ 鳜（guì）鱼：又名桂鱼，形、味双美的名贵淡水鱼。

晓枕

晓枕莺声带梦听，忽看淡日满窗棂①。
闲愁谁遣浓如酒②？醉过残春不解醒。

①"晓枕"二句：指清晨待起枕边所闻所感。②"闲愁"句：指借酒消愁。

晨起闲步

飞红①掠地送春忙，嫩绿成阴带露香。
听彻晓天②莺百啭，却随飞蝶度横塘。

① 飞红：落花。② 晓天：拂晓时的天色。

送紫霄女道士四明①谢君二首

一别南充十四年，时时清梦到金泉②。
山阴道上秋风早，却见神仙小自然③。

① 四明：浙江宁波的古称。② 金泉：四川南充金泉山，唐代女道士谢自然修炼道场。③ 神仙小自然：指紫霄女道士。

道骨仙风凛不群，清秋采药到江村。
自言家住云南北，知是遗尘①几世孙。

① 遗尘：谢遗尘。唐陆龟蒙《四明山诗序》："谢遗尘者，有道之士也，尝隐于四明之南雷……山中有云不绝二十里，民皆家云之南北。每相从，谓之过云。"

夜中起读书，戏作二首

发已凋零齿已疏，忍饥白首卧蜗庐。
风声忽轹①篷窗过，夜半呼灯起读书。

① 忽轹：轹，车轮碾轧。忽轹指疾风呼啸。

灭虏区区计本疏①，水边乔木拥茅庐。
九原②定发韩公③笑，至老依然一束书。

① 计本疏：建议主张。借指主张不被采纳，壮志难酬。② 九原：九泉，死人埋葬地。③ 韩公：韩愈。韩愈《示儿诗》："始我来京师，止携一束书。辛勤三十年，以有此屋庐。"

初冬杂题六首

勋业文章意已阑①，暮年不足是看山②。
江南寺寺楼堪倚，安得身如杜甫闲。

① 阑：接近尾声。② 看山：即禅语"看山是山，看水是水"的境界。

莫嫌风雨作新寒，一树青枫已半丹。
身在范宽①图画里，小楼西角剩凭栏。

① 范宽：宋代绘画大师，擅画山水。

风横云低雨脚斜①,一枝柔舻暮咿哑②。

昏昏醉卧知何处,推起船篷忽到家。

①雨脚:密集落地的雨点。②咿哑:指划桨声。

五斗安能解醉酲①?瞢②腾睡眼怯窗明。

策勋赖有春芽③在,卧听山童转硙④声。

① 酲(chéng):大醉,醉饱。② 瞢(méng):目不明。
③ 春芽:春茶。④ 硙(wèi):同碨,石磨。

荒郊寒雨晚凄凄,四壁穿颓旋补泥。

物我元须各安稳,自苫①牛屋织鸡栖。

① 苫(shàn):用席、布等遮盖。

风雨声豪入梦中,不知身世寄孤篷。

狐裘毡帽如龙马①,天汉②西南小益东。

① 龙马:比喻人气势威武雄壮。② 天汉:银河。

题海首座侠客像

赵魏①胡尘千丈黄,遗民膏血饱豺狼。

功名不遣斯人了,无奈和戎白面郎②。

① 赵魏：指金占领的北方地区。② 白面郎：指宋议和派。

曾仲躬见过，适遇予出，留小诗而去。次韵二首

地僻元①无俗客来，蓬门只欲为君②开。
山横翠黛供诗本，麦卷黄云足酒材。

① 元：通"原"。② 君：指曾逮，字仲躬，曾几子。

数树山花草舍东，想公系马落残红。
那知老子①耶溪上，正泛朝南暮北风②?

① 老子：陆游自称。② 朝南暮北风：指白天南风，夜晚北风。《后汉书·郑宏传》载，郑弘识神人，说："常患若耶溪载薪为难，愿旦南风暮北风。"后果然应验，若耶溪风至今犹然，呼为郑公风。

杂兴三首

鳗井①初生一缕云，鲍郎山②下雨昏昏。
舻声呕轧秋空晓，水际人家尚闭门。

① 鳗井：宋沈括《梦溪笔谈·神奇》："越州应天寺有鳗井，在一大盘石上，其高数丈，井才方数寸，乃一石窍也。其深不可知。"② 鲍郎山：宋代绍兴"越州八山"之一。

孤梦初回揭短篷,桥边晓日已曈昽。
太平气象君知否,尽在丰年笑语中。

古寺高楼暮倚阑,野云不散白漫漫。
好山遮尽君无恨①,且作沧溟万里看。

① 恨:遗憾。

舟中感怀,三绝句呈太傅相公兼简岳大用郎中

浪中鞺鞳①雨声寒,孤梦初回烛半残。
甲子一周②胡未灭,关山③还带泪痕看。

① 鞺鞳(tāng tà):敲钟击鼓的声音。② 甲子一周:60年。
③ 关山:泛指关隘山岭,也指遥远的地方或边塞。

雨打孤篷酒渐消,昏灯与我共无聊①。
功名本是无凭事,不及寒江日两潮。

① 无聊:无事可做,愁闷。

梦笔亭①边拥鼻吟②,壮图蹭蹬③老侵寻。
不眠数尽鸡三唱,自笑当年起舞心④。

① 梦笔亭:指梦笔驿,江淹旧居。② 拥鼻吟:学人吟咏。
南朝宋刘义庆《世说新语·雅量》:"安能作洛下书生咏,而少有

鼻疾,语音浊,后名流多效(xiào)其咏,弗能及,手掩鼻而吟焉。"③ 蹭蹬(cèng dèng):路途险阻不顺。比喻做事不顺利。④ "不眠""自笑"二句:反讽,化用祖逖闻鸡起舞的典故。见《晋书·祖逖传》。

饮张功父①园戏题扇上

寒食清明数日中,西园春事又匆匆②。
梅花自避新桃李,不为高楼一笛风③。

① 张功父:张镃,字功甫,又字功父,陕西人。② "寒食"句:寒食清明到来,春去匆匆,慨叹时光流逝。③ "不为"句:赞梅花高洁,以喻高洁之士。

宿石帆山①下二首

卷地东风吹钓船,石帆重到又经年。
放翁夜半酒初解,落月衔山闻杜鹃。

① 石帆山:在绍兴。《水经注笺》:"会稽之山……北则石帆山,山东北有孤石高二十余丈,广八丈,望之如帆,因以为名。"

系船禹庙醉如泥,投宿渔家月向低。
湿翠扑人浓可掬,始知身在石帆西。

倦眼

看书涩似上羊肠①,得睡甘如饮蜜房。
起坐藤床搔短发,数声画角报斜阳。

①"看书"句:指看书不顺利。涩,道路险阻。羊肠,喻指狭窄曲折的小路。

拜旦表

一封驰奏效嵩呼①,清跸②何时返故都?
只道建炎③巡狩④礼,谁知故事自祥符⑤?

① 嵩呼:高呼万岁。《史记·封禅书》载:汉武帝礼登嵩高山,从官在山下闻,若有称"万岁"可十万人声。② 清跸(bì):古时帝王出行,清除道路。借指帝王的车辇。③ 建炎:南宋高宗第一个年号,建炎年号共四年(1127—1130)。④ 巡狩:古时天子出行,视察诸侯。⑤ 祥符:即大中祥符(1008—1016),宋真宗年号,此处盖指宋真宗泰山封禅事。

病中夜半

萧萧欲脱犹吟叶①,耿耿微明未灭灯。
夜半不眠闲倚壁,使君清似北山僧。

① 犹吟叶:树叶。

即事

组绣①纷纷炫女工,诗家于此欲途穷②。
语君白日飞升法③,正在焚香似旧时。

① 组绣:精美的丝绣。②"诗家"句:欧阳修《梅圣俞诗集序》言"诗穷而后工"。此指诗家在仕途不得志境遇下,吟出好诗。③ 白日飞升法:道人修炼得道。

园中绝句二首

梅花重压帽檐偏,曳杖行歌意欲仙。
后五百年君记取,断无人似放翁颠①。

① 颠:颠狂。指形容放浪不受约束。

溪北溪南飞白鸥,夕阳明处见渔舟。
凭谁为剪机中素①?画取天涯一片秋。

① 机中素:织机上的洁白布匹。

雪中忽起从戎之兴戏作四首

狐裘卧载锦驼车①,酒醒冰髭结乱珠。
三尺马鞭装白玉,雪中画字草军书。

①"狐裘"句：穿着狐皮外衣，坐着锦缦的驼车。

铁马渡河风破肉，云梯攻垒雪平壕。
兽奔鸟散何劳逐？直斩单于①衅②宝刀。

① 单于（Chán yú）：古代匈奴人部落首领。泛指敌军首领。② 衅（xìn）：古代用牲畜的血涂器物而祭。

十万貔貅①出羽林②，横空杀气结层阴。
桑乾③沙土初飞雪，未到幽州④一丈深。

① 貔貅（pí xiū）：古代凶猛的神兽。借指勇猛的将士。② 羽林：古代称辖属于帝王的军队。③ 桑乾：西汉置，今河北蔚县东北。④ 幽州：古九州之一，今北京、河北北部。

群胡束手仗天亡①，弃甲纵横满战场。
雪上急追奔马迹，官军夜半入辽阳②。

① 仗天亡：仗天亡之，指金国战争的非正义，连上天也要消灭它。② 辽阳：今辽宁辽阳，辽曾置东京在此地。

余年二十时，尝作《菊枕诗》，颇传于人。今秋偶复采菊缝枕囊，凄然有感〔一〕

采得黄花作枕囊，曲屏深幌①闷②幽香。
唤回四十三年梦，灯暗无人说断肠③。

〔一〕淳熙十四年丁未，六十三岁。

① 幌：帷幔。② 闵（bì）：意同"闭"。③ "唤回"句：指陆游二十岁时娶妻唐婉，琴瑟相契，后被父母拆散，唐郁郁而逝。陆游追忆往昔，伤痛不已。

少日曾题菊枕诗，蠹编①残稿锁蛛丝。
人间万事消磨尽，只有清香似旧时。

① 蠹编：虫蛀的书籍。

寒夜读书二首〔一〕

北窗暖焰满炉红，夜半涛翻古桧风。
老死爱书心不厌，来生恐堕蠹鱼中。
〔一〕三首，录一、二。

忆昨从戎出渭滨，秋风金鼓震咸秦。
鸢肩①竟欠封侯相，三尺檠②边老此身。

① 鸢（yuān）肩：鸢肩羔膝，肩似鸢耸、膝屈似羔，形容卑微之态。② 三尺檠（qíng）：读书时照明的灯。

杨庭秀寄《南海集》

俗子与人隔尘劫①，何啻相逢风马牛②。
夜读杨卿南海句，始知天下有高流③。

①尘劫：指尘世。②风马牛：同"风马牛不相及"，比喻事物之间毫不相干。③高流：才识出众的高尚人物。

飞卿数阕峤南曲①，不许刘郎夸竹枝②。
四百年来无复继，如今始有此翁诗〔一〕。
〔一〕原注：温飞卿《南乡子》九首，其工不减梦得《竹枝》。

①飞卿：温庭筠，字飞卿。峤南：峤南，泛指南方地区。②刘郎：指刘禹锡，有《竹枝词》。

假中闭户终日，偶得绝句〔一〕

雨声滴滴暮未已，苔晕①重重寒更添。
知是使君初睡起，清香一线②透疏帘。
〔一〕三首，录一。

①苔晕：苔藓。②清香一线：香味缕缕如线。

雨中独坐

马目山①头雨脚昏②，龙津桥下浪花翻。
年丰郡僻无公事，一炷清香昼掩门〔一〕。
〔一〕自《拜旦表》至此，皆知严州时之诗。

①马目山：古严州名山，今浙江建德境内。②雨脚昏：阴雨昏昏。

塞上曲[一]

秋风猎猎汉旗黄,晓陌霜清见太行。
车载毡庐驼载酒,渔阳城里作重阳。

〔一〕此下自严州归山阴后之诗。

将军许国不怀归,又见桑乾木叶飞。
要识君王念征戍,新秋已报赐冬衣。

金鼓轰轰百里声,绣旗宝马照川明。
王师仗义从天下,莫道南兵①夜斫营②。

① 南兵:南宋军队。② 斫营:劫营,偷袭敌营。

老矣犹思万里行,翩然上马始身轻。
玉关去路心如铁,把酒何妨听渭城①?

① 渭城:《渭城曲》,即王维《送元二使安西》。

寓蓬莱馆

桐叶吹残蕉叶黄,驿窗微雨送凄凉。
长安许史①无平素②,莫恨栖栖③立路旁。

① 长安许史:汉宣帝皇后许家和宣帝祖母史家,代指权贵之间。② 平素:平时,向来。指无交往。③ 栖栖:孤寂、零落的样子。

古驿萧萧独倚阑,角声催晚雨催寒。
残年遇合①应无日,犹说新丰②强自宽。

① 遇合:指风云际会。② 新丰:《旧唐书·马周传》载,马周年轻时投宿新丰县旅店,主人待其轻慢,后受唐太宗赏识任用。此指明君贤臣乘时遇合。

拄杖

放翁拄杖具神通,蜀栈吴山①兴未穷。
昨夜梦中行万里,莲华峰上听松风。

① 蜀栈吴山:陆游行履所到之处。蜀栈,古栈道,代指巴蜀之地。吴山,代指陆游家乡。

北望

北望中原泪满巾,黄旗①空想渡河津②。
丈夫穷死③由来事,要是江南有此人。

① 黄旗:代指军队。② 渡河津:指收复失地。河津,黄河渡口。③ 穷死:跟"达"相对,指壮志难酬。

估客①有自蔡州②来者，感怅弥日

洮河马死剑锋摧③，绿发成丝④每自哀。
几岁中原消息断，喜闻人自蔡州来。

① 估客：商人。② 蔡州：今河南汝南县。③"洮河"句：指中原陷落已久。洮（táo）河，黄河支流，流经甘肃省南部。甘肃一带曾是古战场，此代指边境。④ 绿发成丝：指头发变白。

百战元和取蔡州①，如今胡马饮淮流②。
和亲自古非长策，谁与朝家③共此忧？

①"百战"句：元和年间淮西叛乱，元和十二年（817），唐将李愬雪夜袭取蔡州，平定淮西之乱，此战成为积极用兵的例子。元和，唐宪宗年号。② 胡马饮淮流：指南宋放弃淮河以北的土地并以淮河至大散关为宋、金边界之事。③ 朝家：朝廷。

夜归偶怀故人独孤景略

买醉①村场②半夜归，西山落月照柴扉。
刘琨③死后无奇士，独听荒鸡泪满衣。

① 买醉：喝醉酒。② 村场：乡村集市。③ 刘琨：字越石，中山魏昌（今河北无极县）人，以雄豪著名，晋怀帝时任并州刺史，愍帝时拜大将军督并、冀、幽诸军事。

纵笔二首[一]

一纸除书①到海边,紫皇赐号武夷仙②。
功名敢道浑无意,暂作闲人五百年。

[一] 四首,录二、四。

① 除书:拜官授职的文书。除,授,拜(官职)。② "紫皇"句:淳熙六年(1179),陆游被任提举,负责主管福建省武夷山冲佑观。紫皇,道教中最高神仙,代指南宋孝宗。

素月徘徊牛斗间,天风吹鹤度函关。
一年似此佳时少,唤起陈抟醉华山。

练塘

微风吹颊酒初醒,落日舟横杜若①汀。
水秀山明何所似?玉人临镜晕②螺青③。

① 杜若:香草名。② 晕:指光影、色彩四周模糊的部分。③ 螺青:青螺髻,一种发型。

五云桥[一]

若耶①北与镜湖通,缥缈飞桥跨半空。
陵谷变迁谁复识,我来徙倚暮烟中。

〔一〕原注：往时镜湖陂防不废，则若耶溪水常满，可行大舟至云门。此桥本跨溪上，今则在平陆矣。

① 若耶：溪名，绍兴的溪流，一支流西折经稽山桥注入镜湖。

云门①独坐

山北山南处处行，回头六十七清明。
如今老去摧颓②甚，独坐焚香听水声。

① 云门：陆游早年读书求学的地方，云门草堂是陆游的书斋。
② 摧颓：衰老困顿。

东关二首

天华寺①西艇子横，白蘋②风细浪纹平。
移家只欲东关住，夜夜湖中看月生。

① 天华寺：在浙江绍兴南镜湖之滨。② 白蘋：浮水草本植物，花瓣白色。

烟水苍茫西复东，扁舟又系柳阴中。
三更酒醒残灯在，卧听萧萧雨打篷。

咏史

入郢功成赐属镂①,削吴计用载厨车②。
闭门种菜英雄事③,莫笑衰翁日荷锄。

①"入郢"句:前506年,吴王阖闾重用伍子胥、孙武,打败楚国,攻入了楚郢都。前496年,阖闾死,子夫差即位,听信伯嚭谗言,诬陷伍子胥有谋反。《吴越春秋·夫差内传》:吴王闻子胥之怨恨也,乃使人赐属镂之剑。子胥受剑,自杀前,预言吴国将亡。②"削吴"句:《汉书·刘屈氂传》载,汉武帝征和二年(前90年),丞相刘屈氂妻被诬告以巫蛊诅咒汉武帝,刘被载厨车示众,斩杀。此指吴王夫差听信伯嚭(pǐ)谗言,内残忠臣,使吴国在吴越争雄中由盛转弱,逐渐走向衰败。③"闭门"句:感慨英雄壮志难酬。《三国志·蜀书·先主传》载,刘备寄身曹操帐下,整日闭门谢客,代人种菜。曹操派人窥探,刘备防备猜忌,夜间逃离。

湖上小阁

葡萄初紫柿初红,小阁凭阑万里风。
莫怪年来增酒量,此中能著太虚空①。

①太虚空:佛教语,指浩浩宇宙之虚空。

道石〔一〕

秋风袅袅雨班班,身隐幽窗笔砚间。
小试壶公缩地术①,数峰闲对道州山。

〔一〕原注：吾家旧藏奇石甚富，今无复存者，独道石一，尚置几案间。戏作。

① 缩地术：晋葛洪《神仙传·壶公》："房（费长房）有神术，能缩地脉，千里存在，目前宛然，放之复舒如旧也。"

林虑灵壁①俱尤物，散落人间不复还。
投老东归风味在，舂陵小岫伴身闲。

① 林虑灵壁：石名。林虑石产河南安阳，灵壁石产安徽灵璧。

误因禄米弃莼鲈，一落尘埃底事无。
布袜青鞋虽兴尽，此峰聊当卧游图①。

① 卧游图：《宋书·宗炳传》："有疾，还江陵，叹曰：'老疾俱至，名山恐难遍睹，唯当澄怀观道，卧以游之。'凡所游履，皆图之于室。"

秋晚思梁益①旧游

幅巾筇杖立篱门，秋意萧条欲断魂。
恰似嘉陵江②上路，冷云微雨湿黄昏。

① 梁益：梁州和益州，今陕西汉中和四川成都。② 嘉陵江：长江支流，流经陕西、甘肃、四川、重庆，汇入长江。

忆昔西行万里余①，长亭夜夜梦归吴②。
如今历尽风波恶，飞栈连云③是坦途。

①"忆昔"句：指陆游在乾道六年（1170）从家乡绍兴到夔州，由夔州到陕西汉中，由汉中到成都。② 归吴：返回家乡。绍兴在三国时属吴。③ 飞栈连云：指汉中到蜀的云间栈道。

沧波极目江乡恨，衰草连天塞路愁。
三十年间行万里，不论南北怯登楼①。

① 怯登楼：害怕登楼。

小舟自红桥之南过吉泽归三山

霏霏寒雨数家村，鸡犬萧然昼闭门。
它日路迷君勿恨，人间随处有桃源。

六月芙蕖①正盛时，画船长记醉题诗。
世间好景元无尽，霜落荷枯又一奇。

① 芙蕖（fú qú）：荷花。

杂题

松肪酿酒石根醉，槲叶作衣云外行。
指点人间一长叹，秋风又到洛阳城①。

①"秋风"句：唐张籍《秋思》有"洛阳城里见秋风"句，表达秋思。

山家贫甚亦支撑，时抚桐孙①一再行。
朝甑②米空烹芋粥，夜缸油尽点松明③。

① 桐孙：指琴。② 甑（zèng）：盛物瓦器。③ 松明：古代用山松制成的照明工具。

羊裘老人①只念归，安用星辰动紫微②。
洛阳城中市儿眼，情知不识钓鱼矶③。

① 羊裘老人：汉严光（严子陵），与光武帝刘秀同学，拒绝刘秀高官延聘，披羊裘，悠闲垂钓，隐居终老。② 紫微：星官名，在北斗北，即紫微垣，三垣之一。又指帝王宫殿《晋书·天文志上》："紫微，大帝之座也，天子之常居也，主命主度也。"③ 钓鱼矶：严子陵钓台，借指严光。

黍醅①新压野鸡肥，茅店酣歌送落晖。
人道山僧最无事，怜渠犹趁暮钟归。

① 醅（pēi）：未经过滤的酒。

钓鱼吹笛本闲身，正坐微官白发新。
著履此生犹几緉，可令复踏九衢尘。

山光染黛朝如湿，川气熔银暮不收。
诗料满前谁领略？时时来倚水边楼。

叹俗

风俗陵夷①日可怜,乞墦②钳市③亦欣然。
看渠皮底元无血,那识虞卿④鲁仲连⑤。

①陵夷:衰落,衰败。②乞墦(fán):指齐人每日至坟墓向祭者乞剩余酒食。事见《孟子·离娄章句下》。③钳市:古代刑法,以铁制刑具束颈游街。④虞卿:名信,战国时期人物,游说赵孝成王成功,成为上卿。⑤鲁仲连:战国末齐国人,献谋略不肯做官,齐王想要封他爵位,鲁仲连听后潜逃到海边隐居起来。

观梅至花泾,高端叔解元见寻

春晴闲过野①僧家,邂逅诗人共晚茶。
归见诸公问老子②,为言满帽插梅花。

①野:郊外,乡村。②老子:指陆游。

春暖山中云作堆,放翁艇子出寻梅。
不须问讯道旁叟,但觅梅花多处来。

小市

小市狂歌醉堕冠,南山山色跨牛看。
放翁胸次①谁能测?万里秋空未是宽。

① 胸次：指胸怀。

秋夜将晓，出篱门迎凉有感二首

迢迢天汉西南落，喔喔邻鸡一再鸣。
壮志病来消欲尽，出门搔首①怆②平生。

① 搔首：以手搔头，指焦急的样子。② 怆（chuàng）：悲伤。

三万里河①东入海，五千仞岳上摩天。
遗民泪尽胡尘里，南望王师又一年②。

① 河：黄河。②"遗民""南望"二句：被金人占领地区的人民，一年又一年盼望南宋的军队收复中原。

秋日郊居

山雨霏微鸭头水①，溪云细薄鱼鳞天②。
幽寻自笑本无事，羽扇筇枝上钓船。

① 鸭头水：绿水。② 鱼鳞天：一种常见的天气现象，指布有大量云的天空。

行歌曳杖到新塘，银阙瑶台①无此凉。
万里秋风菰菜老②，一川明月稻花香。

① 瑶台：指装饰华丽的楼阁宫阙。②"万里"句：唐欧阳询《张翰帖》叙张翰事迹，"翰因见秋风起，乃思吴中菰菜、鲈鱼，遂命驾而归"。

秋日留连野老家，朱盘鲊鲝①粲如花。
已炊蘼散真珠米，更点丁坑白雪茶[一]。
〔一〕原注：蘼散，米名；丁坑，茶名。

① 朱盘鲊鲝（zhǎ luán）：指丰盛的饮食。朱盘，红漆盘子，代指美食。鲊鲝，腌制的鱼肉。

车荡比邻例馈鱼，流涎对此四腮鲈。
北窗雨过凉如水，消得先生一醉无。

今年斟酌是丰年，社近儿童喜欲颠。
半醉半醒村老子，家家门口掠神钱①。

①"半醉""家家"二句：指江南农村秋社时收取村民祭神钱的情景。

鱼咸满缶酒新篘①，处处吴歌起垄头。
上客②已随新雁到，晚禾犹待薄霜③收。

① 篘（chōu）：滤（酒）。② 上客：陆游自注："剡及诸暨人以八月来水乡助获，谓之上客，以其来自山中也。"③ 薄霜：代指初冬时节。

儿童冬学①闹比邻，据案愚儒却自珍。
授罢村书②闭门睡，终年不著面看人。

① 冬学：陆游自注："农家十月遣子入学，称冬学。" ② 村书：陆游自注："《杂字》《三字经》之类，谓之村书。"

两翁儿女旧论姻，酒担羊腔①喜色新。
不遣交情隔生死，固应世好等朱陈〔一〕②。

〔一〕原注：小儿子聿聘亡友张叔渚季女，盖寻旧约也。

① 酒担羊腔：馈送的礼物。酒担，酒礼担。赠礼时，常常在酒坛上扎上红绸，贴上红喜字。羊腔，羊胸，泛指羊肉。② 朱陈：指世好姻亲。唐白居易《朱陈村》："一村唯两姓，世世为婚姻。"

示儿

文能换骨①余无法，学到穷源自不疑。
齿豁头童方悟此，乃翁见事可怜迟。

① 换骨：学诗作文能活用古人意，比喻推陈出新。

舍北望水乡风物戏作绝句

西风沙际矫轻鸥，落日桥边系钓舟。
乞与画工团扇本①，青林红树一川秋②。

①团扇本：指绘画。②一川秋：秋色风景。

昼眠

困睫懵腾老孝先①，粗毡布被早霜天。
珥貂②碧落③应无分，且向人间作睡仙。

①孝先：指后汉边韶，字孝先，以文学知名，教授数百人，曾昼假卧，弟子嘲之曰："边孝先，腹便便。懒读书，但欲眠。"②珥貂（ěr diāo）：插戴貂尾，指贵官显宦。③碧落，指天，此指神仙界。

夜读范致能①《揽辔录》，言中原父老见使者多挥涕。感其事作绝句

公卿有党排宗泽②，帷幄无人用岳飞。
遗老不应知此恨，亦逢汉节解沾衣。

①范志能：范成大，字致能，其诗《州桥》中有"州桥南北是天街，父老年年等驾回。忍泪失声询使者，几时真有六军来"之句。②"公卿"句：《宋史·宗泽传》：靖康元年（1126）中丞陈过庭等列荐，假宗正少卿，充和议使。泽曰："是行不生还矣。"或问之，泽曰："敌能悔过退师固善，否则安能屈节北庭以辱君命乎？"议者谓泽刚方不屈，恐害合议，上不遣，命知磁州。宗泽，字汝霖，浙江义乌人。

村东

村西行药①到村东,沙路溪流曲折通。
莫问梅花开早晚,杖藜到处即春风②。

① 行药:施药,卖药。②"杖藜"句:指医生医术高明。

雨晴

山川炳焕①似开国②,风雨退收如解严。
老子真成无一事,抱孙负日坐茅檐。

① 炳焕:鲜明华丽。② 开国:开国气象,指气势磅礴,雄浑壮伟。

病起

少年射虎南山①下,恶马强弓看似无。
老病即今那可说?出门十步要人扶。

① 射虎南山:陆游在剑南从军时曾有过射虎的经历。《史记·李将军列传》载,李广与故颍阴侯孙屏野居蓝田南山中,射猎。

松下纵笔四首

自扫松阴寄醉眠,龙吟虎啸①满霜天。
却思初到人间世,似是唐尧丙子年。

① 龙吟虎啸:风鸣声。

老不能闲莫笑予,五千言①岂世间书。
青松折取当麈尾②,为子试谈天地初。

① 五千言:老子五千言,指《道德经》。② 麈(zhǔ)尾:掸尘,古人清谈时执麈尾。

种玉餐芝术不传,金丹下手更茫然。
陶公①妙诀吾曾受,但听松风自得仙。

① 陶公:陶弘景,南朝齐、梁时道教学者、炼丹家、医药学家,传道书《真诰》。

髯龙①天矫欲飞去,百尺苍藤罗络之。
应笑此翁才不进,故将老气②起吾诗。

① 髯(rán)龙:虬枝盘曲的松树。② 老气:苍劲的气概。

山园遣兴

输逋告籴①走比邻,恤患分灾②累故人。
安得此身无一事?林中数笋过残春。

① 输逋告籴（dí）：输逋，指输纳逋负，纳税。告籴，请求买粮，此指借粮。② 恤患分灾：救济人于患难，与人分担困苦。

雨夕焚香

芭蕉叶上雨催凉，蟋蟀声中夜渐长。
翻十二经①真太漫③，与君共此一炉香。

① 十二经：指儒家经典。《庄子·天道》载，孔子"于是翻十二经以说，老聃中其说，曰：'大漫，愿闻其要。'"。③ 太漫：繁多。

排闷六首

丈夫结发①志功名，大事真当以死争。
我昔驻军筹笔驿，孔明千载尚如生②。

① 丈夫结发：古时男子满二十岁，举行"冠礼"，将头发盘结戴上帽子，表示成年。② 筹笔驿：地名，故址在四川广元北。据说诸葛亮出师北伐，常驻兵于此。筹笔，指诸葛孔明筹划军事。

曾携一剑远从戎①，秦赵关河顾盼中。
老去功名无复梦，凌烟②分付黑头公③。

① 从戎：陆游在乾道七年（1171）到抗金前沿川陕，驻南郑。

② 凌烟：指凌烟阁。建功立业的最高荣誉象征。③ 黑头公：年轻人。

　　四十从军渭水边，功名无命①气犹全。
　　白头烂醉东吴市，自拔长刀割彘肩②。

　　① 命：命运，天命。② 彘肩：斗酒彘肩，形容英雄豪壮之气。司马迁《史记·项羽本纪》："则与斗卮酒。哙拜谢，起，立而饮之。项王曰：'赐之彘肩。'则与一生彘肩。樊哙覆其盾于地，加彘肩上，拔剑切而啖之。"彘肩，猪腿。

　　西塞山①前吹笛声，曲终已过雒阳②城。
　　君能洗尽世间念，何处楼台无月明。

　　① 西塞山：在今湖北黄石。② 雒阳：河南洛阳。

　　万里风中寄断蓬①，古来虚死②几英雄。
　　拔山力③与回天势④，不满⑤先生一笑中。

　　① 断蓬：即飞蓬，常比喻漂泊无定。② 虚死：无谓而死。③ 拔山力：形容力大。④ 回天势：比喻极大的权势。⑤ 不满：不能充满。春秋管仲《管子·宙合》："故有道者，不平其称，不满其量。"

　　风霜九月冷飕飗，湖海飘然一布裘①。
　　亲见宓羲②初画卦，转头三十万春秋。

　　① 布裘：布制的绵衣。② 宓（fú）羲：伏羲，发明创造了八卦，象征中华文化的发端。

系舟二首

系舟江浦①待潮平，叹息无人共月明。
历尽世间多少事，飘然依旧老书生②。

① 江浦：江滨。浦，即水边或江河入海的地方，多用于地名。
② 书生：读书人，古时多指儒生。

地旷月明铺素练①，霜寒河浅拂轻绡②。
手扶万里天坛杖③，夜过前村禹会桥。

① 素练：白色绢帛。用以喻月光。② 轻绡：透明而有花纹的丝织品。③ 天坛杖：天坛，天台山，以产藤杖著称。

连日风雨寒甚，夜忽大风，明旦遂晴

万里浮云一扫空，碧天无际日瞳昽。
欢声四起春风里，恰似祥符景德①中。

① 祥符景德：祥符（1008—1016），宋真宗的年号；景德（1004—1007），宋真宗的年号。此时边境和平，国内一片国泰民安的景象。

晚兴

一声天边断雁①哀，数蕊篱外蚤梅开。
幽人②耐冷倚门久，送月堕湖归去来。

①断雁：离群的雁。②幽人：隐居的人。

记梦三首

黄河衮衮抱潼关①，苍翠中条接华山②。
城郭丘墟人尽老，药炉依旧白云间。

①"黄河"句：潼关地处陕西关中平原，北临黄河，在潼关故址望黄河之水奔涌而下，波澜壮阔。②"苍翠"句：古人把中条山与华山看作一体，中间被黄河割开。

西岩老宿雪①垂肩，白石为粮②四百年。
喜我未忘山下路，殷勤握手一欣然。

①雪：指白发。李白《将进酒》："君不见，高堂明镜悲白发，朝如青丝暮成雪。"②白石为粮：指道士的修炼生活。晋葛洪《神仙传》："尝煮白石为粮。"

三髻①山童②喜欲颠，下山迎我拜溪边。
松阴拂罢苍苔石，接竹穿云理旧泉。

①髻（jì）：盘在头顶或脑后的发结。②山童：一指山里的儿童。一指山里僧道或隐士的侍者。

读史

南①言莼菜似羊酪②，北说荔枝如石榴。
自古论人多类此，简编③千载判悠悠。

① 南：与北相对，指江南地区。② 羊酪（lào）：羊乳制成的一种食品。③ 简编：书籍。

夜读吕化光①"文章抛尽爱功名"之句戏作

玉关西望气横秋②，肯信功名不自由。
却是文章差得力，至今知有吕衡州。

① 吕化光：吕温，唐贞元间人，擅长文学，爱博取功名，事与愿违，赍志以殁。② 气横秋：形容吕温气概豪迈，才华横溢。横秋，充塞秋日的天空。

泛舟观桃花〔一〕

花泾①二月桃花发，霞照波心锦裹山。
说与东风直须惜，莫吹一片落人间。
〔一〕五首，录一、二。

① 花泾：花径山，在绍兴镜湖边，桃花最盛。

桃源只在镜湖中，影落清波十里红。
自别西川①海棠后，初将烂醉②答春风。

① 西川：指剑南西川，今四川中西部。② 烂醉：沉醉，酩酊大醉。

小僧乞诗

风前掩苒①草吹香,溪上霏微雨送凉。
万里安西②无梦到,却寻僧话③破年光。

① 掩苒(rǎn):草被风吹得倒伏的样子。② 安西:唐代安西都护府,包括今甘肃、新疆一带。借指卫国戍边的壮举。③ 僧话:与僧人攀谈。

看镜

凋尽朱颜白尽头,神仙富贵两悠悠。
胡尘遮断①阳关②路,空听琵琶奏石州③。

① 胡尘遮断:指阳关沦陷已久。② 阳关:在甘肃省敦煌市西南,是中国古代陆路出行的咽喉之地。因在玉门关之南,故称阳关。③ 石州:乐府商调曲名,为戍妇思夫之曲。

七十衰翁卧故山,镜中无复旧朱颜①。
一联轻甲流尘积,不为君王戍玉关②。

① 朱颜:红润美好的容颜。② 玉关:玉门关,借指戍边。

三峡歌九首

乾道庚寅,予始入蜀,上下三峡屡矣。后二十五年,归耕山阴。偶读梁简文①巴东三峡《歌》②,感之,拟作九首。实绍熙甲寅十月二日也〔一〕。

〔一〕时年七十岁。

① 梁简文:南朝梁简文帝萧纲。② 巴东三峡《歌》:指梁简文帝萧纲《蜀道难》二首,有"巫山七百里,巴水三回曲"句。

神女庙①前秋月明,黄牛峡里暮猿声。
危途性命不容恤,百丈牵船侵夜行。

① 神女庙:在重庆巫山的飞凤峰,为祭神女峰所立之庙。

不怕滩如竹节稠①,新滩已过可无忧。
古妆峨峨一尺髻,木盎②银杯邀客舟。

①"不怕"句:白居易《发白狗峡次黄牛峡登高寺却望忠州》:"白狗次黄牛,滩如竹节稠。"② 盎(àng):古代一种腹大口小的器皿。

十二巫山见九峰①,船头彩翠②满秋空。
朝云暮雨浑虚语,一夜猿啼明月中。

①"十二"句:宋苏辙《巫山赋》:"峰连属以十二,其九可见而三不知。"② 彩翠:鲜艳翠绿,指巫山之景。

锦绣楼前看卖花,麝香山①下摘新茶。
长安卿相多忧畏,老向夔州不用嗟。

① 麝香山:地名。杜甫《入宅三首》:"水生鱼复浦,云暖麝

香山。"

险诈沾沾不愧天,交情回首薄如烟。
东游万里虽堪乐,滟滪瞿唐①要放船。

① 滟滪(yàn yù)瞿唐:长江瞿塘峡口的险滩滟滪堆,在四川奉节东。

蛮江水碧瘴花红,白舫黄旗无便风①。
涪万②四时常避水,棚居高出乱云中。

① 便风:顺风。② 涪(Fú)万:古指涪陵和万县。

乱插山花簦①子红,蛮歌相和瀼②西东。
忽然四散不知处,踏月扪萝归峒③中。

① 簦(gōng):斗笠。② 瀼(ràng):宋陆游《入蜀记》:"土人谓山间之流通江者曰瀼。"③ 峒(dòng):山洞。

万州溪西花柳多,四邻相应竹枝歌。
问君今夕不痛饮,奈此满川明月何?

我游南宾①春暮时,蜀船曾系挂猿枝②。
云迷江岸屈原塔③,花落空山夏禹祠④。

① 南宾:今重庆忠县。② 猿枝:北魏郦道元《水经注·三峡》:"每至晴初霜旦,林寒涧肃,常有高猿长啸。"③ 屈原塔:宋苏轼《屈原塔》:"南宾旧属楚,山上有遗塔。"④ 夏禹祠:唐杜甫《禹庙(此忠州临江县禹祠也)》:"禹庙空山里,秋风落日斜。"

望永思陵①

绿衣②迎拜属车③尘,草木曾沾雨露春④。
三十五年⑤身未死,却为天下最穷人⑥。

① 永思陵:南宋高宗赵构的陵墓,在浙江绍兴东南。② 绿衣:借指地位卑微的官员。③ 属车:古代帝王出行时的从车。一曰副车、一曰贰车、一曰左车。唐大驾唯用十二乘,宋因之。④ "草木"句:指建言献策得到首肯。⑤ 三十五年:指绍熙五年(1194)至绍兴辛巳(1161)。⑥ 穷人:不得志的人。穷,特指不得志,与"达"相对。

旰食①忧民宴乐疏,太仓②几有九年储。
贾生③未解人间事,北阙④犹陈痛哭书〔一〕⑤。
〔一〕原注:绍兴庚辰辛巳间,游屡贡瞽言,略蒙施用。

① 旰(gàn)食:晚食。指政务繁忙不能按时吃饭,泛指执政者、帝王等人的勤政。② 太仓:古代京师储谷的大仓。③ 贾生:贾谊。唐李商隐作《贾生》:"宣室求贤访逐臣,贾生才调更无伦。可怜夜半虚前席,不问苍生问鬼神。"此诗讽刺汉文帝虽能求贤却又不知贤的行为。陆游反用其意,暗示怀才不遇。④ 北阙:古代宫殿北面的门楼,大臣等候朝见或上书奏事的地方。代指帝王宫殿或朝廷的别称。⑤ 痛哭书:指贾谊上《治安策》,其中有"臣窃惟事势,可为痛哭者一,可为流涕者二,可为长太息者六"。

霜夜〔一〕

梅花欲动梦魂狂①,橙子闲搓指爪香。
莫怪草堂清到骨②,一梳残月伴新霜。

〔一〕三首，录一、二。

①"梅花"句：写梅花，化用宋林逋《山园小梅》："疏影横斜水清浅，暗香浮动月黄昏。霜禽欲下先偷眼，粉蝶如知合断魂。"②清到骨：清贞到骨子里。

黄甘磊落①围三寸，赤蟹轮囷②可一斤。
更唤东阳麹道士③，与君霜夜策奇勋〔一〕④。

〔一〕原注：时东阳饷酒。

①磊落：众多委积的样子。②轮囷（qūn）：盘曲、硕大的样子。③麹道士：又称麹秀才、麹居士，酒的称谓。明冯时化《酒史》："世称酒曰麹生，亦曰麹秀才。"④策奇勋：筹划特殊的功勋。

赠道友〔一〕

凡骨已蜕①身自轻，勃落叶上行无声。
华阴②市楼③醉舞罢，却上蓬峰看月明。

〔一〕凡游仙及学道诗，都无事实，缥缈恍惚，语在可解不可解之间。太白最多，放翁亦屡为之。此末二首，又似先生自述之词。

①蜕（tuì）：脱去、除掉。②华阴：陕西华阴市。③市楼：酒楼。其上亦立帜以为标识。

忆在长安烂漫①游，大明宫阙②与云浮。
今朝偶上慈恩塔③，北望芒芒④禾黍秋。

① 烂漫：坦率自然，毫不做作。② 大明宫阙：大明宫，初建于唐太宗贞观八年（634），大唐帝国的大朝正宫，唐代的政治中心和国家象征。③ 慈恩塔：即大雁塔，永徽三年（652），唐高宗李治为了追念他的母亲文德皇后而建。④ 芒芒：广大辽阔的样子。

当时辛苦学长生①，准拟②中原看太平。
今日醉游心已足，一瓢归去隐青城③。

① 长生：指道家修炼长生的道术。② 准拟：料想，打算。③ "一瓢"句：指隐居。《论语·雍也》："一箪食，一瓢饮，在陋巷，人不堪其忧，回也不改其乐。"青城：指四川成都青城山，中国四大道教名山之首。

三杯兀兀复腾腾①，服气②烧丹总不能。
借问生涯在何许？孤舟风雨伴渔灯③。

① 兀兀复腾腾：兀兀指静止的样子，腾腾指奋发向止的样子。由自然状态借指人的心绪状态，犹言无可奈何或随遇而安。② 服气：指道家"食气""行气"的呼吸锻炼。嵇康《养生论》："呼吸吐纳，服气养身。"③ "孤舟"句：指归隐。

零落残碑草棘中，北邙①萧瑟又秋风。
旧时忆在鹓行②里，几见宣麻拜③相公。

① 北邙：北邙山，在河南洛阳。历代帝王陵墓及达官显贵、名士埋葬之地。② 鹓行（yuān xíng）：指朝官的行列。③ 宣麻：用白麻纸写诏书公布于朝。后指诏拜将相。《新唐书·百官志一》："凡拜将相、号令征伐，皆用白麻。"

示子聿

儒林①早岁窃虚名，白首何曾负短檠②？
堪叹一衰今至此，梦回③闻汝读书声。

①儒林：泛指儒生、读书人。②短檠：油灯。③梦回：梦中醒来。

纸阁①午睡

纸阁砖炉火一枕，断香②欲出碍蒲帘③。
放翁不管人间事，睡味无穷似蜜甜。

①纸阁：用纸糊贴窗、壁的房屋。②断香：似有似无的阵阵香气。③蒲帘：用水生或沼生的蒲草叶片编织的帘子。

黄绸被暖青毡①稳，纸阁油窗晚更妍②。
一饱无营③睡终日，自疑身在结绳④前。

①青毡：青色毛毯。②妍：美丽。此指美好的状态。③无营：于世无所谋求。④结绳：上古以结绳记事。《易·系辞下》："上古结绳而治，后世易之以书契。"代指上古时代。

春晚怀山南①

梨花堆雪②柳吹绵③，常记梁州④古驿前。
二十四年⑤成昨梦，每逢春晚即凄然。

① 山南：山指陕西终南山，山南指陕西汉中南郑一带。乾道八年（1172）陆游被四川宣抚使王炎辟为干办公事，在南郑经历了八个多月的军旅生涯。② 梨花堆雪：白色的梨花盛开。③ 柳吹绵：柳树的柳絮纷飞。④ 梁州：指陕西汉中。⑤ 二十四年：乾道八年（1172）至庆元元年（1195）。

壮岁从戎不忆家，梁州裘马①斗豪华②。
至今夜夜寻春梦③，犹在吴园④藉落花⑤。

① 裘马：轻裘肥马，比喻生活豪华。② 豪华：指盛大华美。③ 春梦：比喻不能实现的愿望。④ 吴园：泛指家园。陆游《奉直大夫陆公墓志铭》："吴郡陆氏。"⑤ 藉落花：躺卧在落花上。藉，垫、衬。

梁州一别几清明，常忆西郊①信马②行。
桃李成尘③总闲事，梨花杨柳最关情④。

① 西郊：指汉中向西的陈仓道、褒斜道等古道。② 信马：任马行走而不加约制。③ 桃李成尘：桃花李花凋谢。④ "梨花"句：梨花和杨柳最能牵动陆游的情怀。因梁州古驿前有此物。关情，牵动情怀。

初夏

纷纷红紫①已成尘，布谷②声中夏令新。
夹路桑麻行不尽，始知身是太平人③。

① 红紫：春天的各种花朵。② 布谷：鸟名，鸣叫声似"布谷"，《后汉书·襄楷传》："臣闻布谷鸣于孟夏。"③ 太平人：太平

盛世的人。

剪韭腌齑粟①作浆,新炊麦饭②满村香。
先生醉后骑黄犊,北陌东阡看戏场③。

① 粟(sù):指谷物。北方指谷子,去壳后叫小米。古人以粟浆作日常饮料,还作医药来用。② 麦饭:以野菜或蔬菜搅拌面粉蒸制的食品。③ 戏场:表演杂技、戏曲的场所。

稻未分秧麦已秋①,豚蹄不用祝瓯窭②。
老翁七十犹强健,没膝春泥夜叱牛。

① "稻未"句:《月令章句》:"百谷各以其初生为春,熟为秋。故麦以孟夏为秋。"分秧,稻种成苗后,分开插田里,指种稻。麦已秋,麦熟。② "豚蹄"句:《史记·滑稽列传》:"见道傍有禳田者,操一豚蹄,酒一盂,祝曰:'瓯窭满篝,污邪满车。五谷蕃熟,穰穰满家。'"豚蹄,猪蹄子。瓯窭(jù),狭小的高地。

买得新船疾①似飞,蚕饥遥望采桑归②。
越罗蜀锦吾何用?且备豳人③卒岁衣④。

① 疾:急速。② "蚕饥"句:指采桑忙。③ 豳(bīn)人:借指农民,典出《诗经·豳风·七月》。④ 卒岁:度过年终。

槐柳成阴雨洗尘,樱桃乳酪并尝新。
古来江左①多佳句②,夏浅胜春最可人③。

① 江左:江东,指长江下游南岸地区。② 佳句:精彩的语句,借指美妙的诗文。③ "夏浅"句,陆游自注"夏浅却胜春,徐陵诗也"。南朝梁徐陵《侍宴诗》:"园林才有热,夏浅更胜春。"可

人,称合人的心意。

隋家古寺郡西南,寺废残①僧只二三。
藜藿②满庭尘暗③佛,时闻铙鼓④赛春蚕。

① 残:剩余的,剩下的。② 藜藿(lí huò):一种多年生草本植物,可食用。③ 尘暗:灰尘堆积,颜色暗淡。④ 铙(náo)鼓:乐器鼓的一种。唐李林甫《唐六典》:"凡军鼓之制有三:一曰铜鼓,二曰战鼓,三曰铙鼓。"

渺渺荒陂①古埭②东,柳姑小庙柳阴中。
放翁老惫扶藜③杖,也逐乡人祷岁丰④。

① 陂(pō):倾斜不平的山坡;斜坡。② 埭(dài):土坝。③ 藜(lí):草本植物,茎直立,嫩叶可吃。茎可以做拐杖。④ 岁丰:即年景丰盛。岁,年成。丰,盛。

老翁卖卜①古城隅②,兼写宜蚕保麦符③。
日日得钱惟买酒,不愁醉倒有儿扶。

① 卖卜(bǔ):以占卜谋生。后引申预测吉凶的各种活动。② 隅(yú):角落;边侧。③ 符:一种图形或线条,声称能带来祸福。

舍北晚眺

红树青林带暮烟,并桥①常有卖鱼船。
樊川②诗句营丘③画,尽在先生挂杖边。

① 并桥：靠桥边；傍桥旁。② 樊川：杜牧，字牧之，晚唐诗人，晚年居长安南樊川别墅，故后世称"杜樊川"。③ 营丘：李成，字咸熙，号营丘，五代宋初画家。擅山水画，喜绘平远寒林，有《寒林平野图》《茂林远岫图》等。

日日津头①系小舟，老人自懒出门游。
一枝筇②杖疏篱外，占断③千岩万壑秋。

① 津头：渡口。② 筇（qióng）：竹名，中实而高节，宜做手杖。③ 占断：占尽。

小舟游，近村舍舟，步归

数家茅屋自成村，地碓①声中昼掩门。
寒日欲沉苍雾②合，人间随处有桃源③。

① 碓（duì）：舂米用具。用柱子架起一根木杠，杠的一端装一块圆形石头，石头连续起落，去掉下面石臼中的糙米的皮。此处当指水碓，以河水流过水车进而转动轮轴，再拨动碓杆上下舂米。② 苍雾：灰茫茫的浓雾。③ 桃源：指桃花源，比喻避世隐居的地方。晋陶渊明作《桃花源记》。

借得渔船溯①小溪，系船浦口②却扶藜。
莫言村落萧条甚，也胜京尘③没马蹄。

① 溯（sù）：逆流而上。② 浦口：水边或河流入海的地方。③ 京尘：京洛尘，指京城的生活。

不识如何唤作愁,东阡南陌①且闲游。
儿童共道先生醉,折得黄花插满头。

① 东阡南陌:阡陌,田间小路。南北曰阡,东西曰陌。泛指东南西北各个方向的道路。

斜阳古柳赵家庄,负鼓盲翁正作场①。
死后是非谁管得②?满村听说蔡中郎③。

① 正作场:古代指民间艺人开场表演说唱故事,戏文等。② "死后"句:东汉蔡邕,字伯喈(jiē),蔡文姬之父。蔡邕曾任侍中、左中郎将等职,世称"蔡中郎"。南朝宋范晔《后汉书·蔡邕传》称蔡邕节义闻于乡里,但后世民间艺人搬演成"弃亲背妇"的人物。③ 蔡中郎:流行于南宋的南戏戏文《赵贞女蔡二郎》,故事是蔡伯喈弃亲背妇,为暴雷震死。至元代高明《琵琶记》又加以改编和丰富,成为蔡伯喈与赵五娘悲欢离合的爱情故事。

读《易》

羸躯抱疾时时剧,白发乘衰日日增。
净扫①东窗读周易,笑人投老欲依僧②。

① 净扫:打扫干净。② "笑人"句:宋刘攽《中山诗话》:"王丞相(王安石)嗜谐谑,一日论沙门道,因曰:'投老欲依僧。'客遽对曰:'急则抱佛脚。'"后世指遇事毫无准备,临急才设法应付。

老喜杜门①常谢客，病惟读易不迎医②。

冬来更愧乖慵③甚，醉过收荞下麦④时。

① 杜门：关闭门。②"病惟"句：陆游《自治》："病中看《周易》，醉后读《离骚》。"迎医，请医调治。③ 乖慵：闲适慵懒。④ 收荞下麦：秋天收获荞麦。荞，荞麦，一年生草本植物，籽实磨成面粉供食用。

一壶歌

悠悠日月没根株①，常在人间醉一壶。

倾倒欲空还②潋滟，不曾教化③不曾沽④。

① 根株：植物的根。② 潋滟：形容水波流动、荡漾的样子。③ 教化：行乞，乞讨。④ 沽：猎取，故意做作以谋取。

先生醉后即高歌，千古英雄奈我何？

花底一壶天所破①，不曾饮尽不曾多②。

① 破：安排。②"不曾"句：指顺应自然的通达状态。

自从轩昊①到隋唐，几见中原作战场。

三十万年如电掣②，不曾记得不曾忘。

① 轩昊：轩辕、少昊的并称，中国神话传说中文明始祖。② 掣：一闪而过。

耻从岳牧①立尧庭,况见商周②战血腥。
携得一壶闲处饮,不曾苦醉不曾醒。

① 岳牧：指封疆大吏。相传尧舜时有四岳十二牧，分管内政与诸侯国。② 商周：商周时期（约前1600—前256），古通常分为商朝（约前1600—约前1046）、西周（约前1046—前771）、东周（前770—前256）三个时期。

长安市上醉春风,乱插繁花满帽红。
看尽人间兴废①事,不曾富贵不曾穷②。

① 兴废：兴盛衰败。②"不曾"句：指穷达皆忘、宠辱不惊的淡然处世状态。

怀旧

鹤鸣山①下竹连云,凤集②城边柳映门。
当日不知为客乐,如今回首却消魂③。

① 鹤鸣山：在今四川剑阁县。传说古常有鹤栖鸣于山，因而得名。② 凤集：指凤州，凤集是凤州的曾用名。今陕西凤县。③ 消魂：忧愁，悲伤。

骏骡西过雨漫天①,千里江山在眼边。
二十四年如昨梦②,凭谁问讯带枷仙③？

①"骏骡"句：指陆游乾道八年（1172）从南郑调回成都途中事，作《剑门道中遇微雨》："衣上征尘杂酒痕，远游无处不消魂。

此身合是诗人未？细雨骑驴入剑门。"②"二十四年"句：此诗作于庆元二年（1196），指乾道八年（1172）至庆元二年（1196）的二十四年。③ 带枷仙：宋普济《五灯会元》卷第二嵩山峻极禅师，僧问："如何是修善行人？"师云："担枷带锁。"

    狼烟①不举羽书②稀，幕府③相从日打围④。
    最忆定军山⑤下路，乱飘红叶满戎衣。

① 狼烟：古代边防发现敌情报警，在烽火台点燃的烟火。② 羽书：即羽檄，古代军中紧急的文书，上插鸟羽以示必须迅速传递。③ 幕府：将帅在外的营帐，后也指官府衙署。此处指陆游在南郑四川宣抚使王炎幕府任职。④ 打围：打猎，因须多人合围，故称。⑤ 定军山：在陕西汉中勉县，三国时蜀大将黄忠击杀夏侯渊于此。山下建有武侯墓。

    翠崖红栈郁参差，小益①初程景最奇。
    谁向豪端②收拾得？李将军③画少陵诗④。

① 小益：今四川广元，世号小益州，以对成都名大益。② 豪端：笔头上的毛，用于书写、绘画。③ 李将军：指唐代画家李思训、李昭道父子，擅金碧山水。④ 少陵诗：杜甫在成都生活约四年，自乾元二年（759）至永泰元年（765），留下了二百四十多首诗。

    回龙寺①壁看维摩②，最得曹吴③笔意多。
    风雨尘埃昏欲尽，何人更著手摩挲？

① 回龙寺：《成都县志》载：回龙寺，跨成都县界、新都县界。② 维摩：指维摩诘经变图。③ 曹吴：曹仲达和吴道子，是北齐和唐代两位著名画家。曹画人物衣服紧窄，状若出水；曹画人物衣服飘举，迎风之感。故有"吴带当风，曹衣出水"之说。后以"曹吴"为咏画之典。

嶓冢山①头是汉源，故祠②寂寞掩朱门。
击鲜③藉草④无穷乐，送老那知江上村⑤？

① 嶓（bō）冢山：古山名，在今陕西勉县西南。② 故祠：指禹王宫，又称嶓冢祠。③ 击鲜：以活的牲畜禽鱼作食材，烹美食。④ 藉草：以草为铺垫物。藉，垫衬。⑤ 江上村：江村，陆游晚年山阴所居。

读杜诗

千载诗亡不复删①，少陵②谈笑即追还。
常憎晚辈言诗史③，清庙生民④伯仲⑤间。

① "千载"句：《史记·孔子世家》："古者《诗》三千余篇，及至孔子，去其重，取可施于礼义，……三百五篇。"② 少陵：杜甫，曾居长安少陵（今西安市南），世称杜少陵。③ 诗史：唐孟棨（qǐ）《本事诗·高逸第三》："杜逢禄山，流离陇蜀，毕陈于诗，推见至隐，殆无遗事，故当时号为'诗史'。"④ 清庙生民：《诗经》中《周颂》和《大雅》的记颂周人先祖诗篇《清庙》《生民》。⑤ 伯仲：本指兄弟的次序，比喻不相上下。

半丈红①盛开

满酌吴中清若空②，共赏池边半丈红。
老子通神谁得似，短筇到处即春风。

① 半丈红：花木名，即海棠。② 清若空：酒名。

感事

鸡犬①相闻三万里，迁都岂不有关中②？
广陵南幸雄图尽③，泪眼山河④夕照红。

① 鸡犬：指安定富庶、地域广阔的国土。② "迁都"句：指靖康之难后，汴京陷于金，宋高宗不迁都关中，而是在建炎元年（1127）五月在应天府（今河南商丘）即位，十月奔扬州，绍兴八年（1138）正式定都临安府（浙江杭州）。③ "广陵"句：指宋高宗南走扬州，偏安一隅，收复中原的宏图无望。广陵，即扬州。④ 山河：中原的大好河山。

堂堂①韩岳两骁将②，驾驭③可使复中原。
庙谋④尚出王导⑤下，顾用金陵为北门⑥。

① 堂堂：指容貌壮伟，有气魄。② 韩岳两骁（xiāo）将：韩岳指韩世忠、岳飞。韩世忠和岳飞都是南宋中兴名将。骁将，勇猛的将士。③ 驾驭：驱使车马行进，指任用。④ 庙谋：朝廷的商议。⑤ 王导：东晋开国重臣，司马衍（晋成帝）时，苏峻之乱平，都城建康（南京）几成废墟，他驳斥众人企图迁都会稽（浙江绍兴、宁波一带）的念头，兴修建康，稳定局势。⑥ "顾用"句：宋高宗偏安杭州，以南京为北面的屏障。

渭上昼昏吹战尘，横戈慷慨欲忘身。
东归却作渔村老，自误青春不怨人。

扪虱①当时颇自奇，功名远付十年期。
酒浇不下胸中恨，吐向青天未必知。

① 扪虱：按着虱子。形容毫无顾忌的样子。《晋书·王猛传》："桓温入关，猛被褐而诣之。一面谈当世之事，扪虱而言，旁若无人。"

题韩运盐竹隐堂绝句〔一〕

尘埃①车马日骎骎②,谁解从君一散襟③。
待我清秋有闲日,抱琴来写④万龙吟。
〔一〕三首,录一

① 尘埃:尘俗。② 骎骎(qīn qīn):形容马跑得很快。③ 散襟:疏解心胸。④ 写:弹奏。

北园杂咏〔一〕

西村林外起炊烟,南浦桥边系钓船。
乐岁①家家俱自得②,桃源未必是神仙。
〔一〕共十首,录一、三、四、八、九、十。

① 乐岁:丰年。② 自得:适意而满足。

小桥密接①西冈路,支径深通②北崦村。
老子③意行④无远近,月中⑤时打野人⑥门。

① 密接:紧密连接。② 深通:距离遥远处相通。③ 老子:指陆游。④ 意行:犹信步。⑤ 月中:月光之下,夜晚。⑥ 野人:泛指村野之人,农夫。

东吴霜薄①富园蔬,紫芥青菘②小雨余。
未说春盘③供采撷,老夫汤饼④亦时须。

① 霜薄：降了薄薄一层霜。② 紫芥青菘：紫芥，草本植物，茎、叶皆紫色，可食用。青菘，即小白菜，春季白菜。③ 春盘：古代风俗，立春日以韭黄、饼饵等簇盘为食，或馈赠亲友。《四时宝鉴》："唐立春日荐春饼、生菜，号春盘。"④ 汤饼：水煮的面食。

岁残①已似早春天，隔水横林一抹烟。
闻道埭西梅半吐，携儿闲上钓鱼船。

① 岁残：年末。

白发萧萧病满身，冻云①野渡②正愁人。
扬鞭大散关③头日，曾看中原万里春。

① 冻云：严冬的阴云。② 野渡：荒落之处或乡村的渡口。③ 大散关：在陕西宝鸡南郊秦岭北麓。

暮年身似一虚舟①，付与沧波自在流。
垂地雪云②吹不散，且倾桑落③脍槎头④。

① 虚舟：任其漂流的舟楫。② 垂地雪云：大地淹没在雪云中。③ 桑落：桑落酒。④ 槎头：槎头鳊，鳊鱼。

杂感〔一〕

志士①山栖恨不深②，人知已是负初心③。
不须先说严光辈，直自巢由④错到今。

〔一〕庆元四年戊午，七十四岁。

①志士：有坚决意志和节操的人。②深：距离远，指远离人群居生活的地方。③初心：最初的心愿。④巢由：巢父和许由，隐士。传说尧让位二人，皆不受。

劝君莫识一丁字①，此事从来误几人。
输与茅檐负暄②叟，时时睡觉一频伸③。

①一丁字：成语"目不识丁"讽刺人不识字。丁，姓氏中最简单的字。②负暄：冬日背向着太阳取暖。③频伸：伸懒腰，打哈欠。

世事纷纷无已时，劝君杯到不须辞①。
但能烂醉三千日，楚汉兴亡总不知。

①"劝君"句：指饮酒。化用王维《送元二使安西》："劝君更尽一杯酒。"

百年鼎鼎①成何事，寒暑相催即白头。
纵得金丹真不死，摩挲铜狄②更添愁。

①鼎鼎：盛大，引申为蹉跎，光阴流逝无所为。②铜狄：铜铸之人。

世间鱼鸟各飞沉，茅屋青山无古今。
毕竟替他愁不得，几人虚费一生心。

一杯浊酒即醺然①，自笑闲愁七十年。
今日出门天地别，此身如在结绳前。

①醺然：酒醉的样子。

山人①那信宦途艰，强着朝衣②趁晓班③。
豪气不除狂态作，始知只合死空山④。

① 山人：隐士，此指山野之人。② 朝衣：君臣上朝时穿的礼服。③ 晓班：早朝。④ 空山：幽深少人的山林。

老子倾囊得万钱，石帆山下买乌犍。
牧童避雨归来晚，一笛春风草满川。

故旧书来访死生①，时闻剥啄②叩柴荆③。
自嗟④不及东家老，至死无人识姓名。

① 死生：偏义指"生"。② 剥啄（bō zhuó）：敲门声。③ 柴荆：简陋的小木门。④ 自嗟：感叹自己。

忍穷①待死十年间，老子谁知老更顽？
溪友留鱼供晚酌，邻僧送米续朝餐。

① 穷：指不得志，与"达"相对。

戏作①治生绝句

治生②何用学陶朱③？少许能悭④便有余。
惜酒已停晨服药，省油仍废夜观书。

① 戏作：随便作，不当真地作。② 治生：经营家业，谋生计。③ 陶朱：陶朱公，范蠡。泛指大富者。《史记·越王勾践世

家》:"范蠡浮海出齐,变姓名,自谓鸱夷子皮……至于陶,以为此天下之中,交易有无之路通,为生可以致富矣。于是自谓陶朱公……逐什一之利,居无何,则致赀累巨万。" ④ 悭(qiān):小气,吝啬。

龟堂①杂题

龟堂端是②无能者,妄想元无一事成。
最后数年尤可笑,饱餐甘寝送浮生。

① 龟堂:室名。陆游晚年号。② 端是:当是,应是。

痴顽老子老无能,游惰①农夫酒肉僧。
闭著庵门终日睡,任人来唤不曾应。

① 游惰:游荡懒惰。

长腰玉粒①出新舂②,秋获③真成亩一钟④。
衣食粗供官赋足,何妨世世作耕农。

① 长腰玉粒:长腰米,米狭长,优质稻米品种。② 舂:用杵臼捣去谷物皮壳。③ 秋获:秋季收割庄稼。④ 亩一钟:形容土地肥沃,产量高。《汉书·沟洫志》:"(郑国)渠成……收皆亩一钟。于是关中为沃野,无凶年,秦以富强,卒并诸侯。"

冷雨萧萧涩①不晴,乱书围坐正纵横。
忽闻小瓮新醅②熟,急唤儿童洗破觥。

① 涩：不滑、不爽朗的难受状态。② 新醅（pēi）：新酿的酒。

太息①

早岁元于利欲②轻，但余一念在功名。
白头不试③平戎策，虚向江湖过此生。

① 太息：长声叹气。② 利欲：对私利的欲望。③ 不试：不用，不被任用。

书生忠义①与谁论，骨朽犹应②此念存。
砥柱河流仙掌日③，死前恨不见中原。

① 忠义：忠心和义气。② 犹应：还应当。③ "砥柱"句：此句所指皆中原。砥柱，山名，在河南三门峡东。河流，黄河。仙掌，仙掌，指华山。

自古才高每恨浮，伟人要是出中州①。
即今未必无房魏②，埋没湖沙死即休。

① 中州：中原地区。② 房魏：房玄龄、魏徵，唐代名臣。

关辅①堂堂堕虏尘，渭城②杜曲③又逢春。
安知今日新丰市，不有悠然独酌人④？

① 关辅：关中及三辅地区。《汉书》："右扶风、左冯翊、京兆尹，是为三辅。"② 渭城：咸阳。③ 杜曲，今陕西西安。④ 独酌人：指唐代马周。马周入仕前曾在新丰酒店独自饮酒。

梅花〔一〕

五十年间万事非,放翁依旧掩柴扉。
相从不厌闲风月①,只有梅花与钓矶②。

〔一〕六首,录一、五、六。

① 闲风月:清风明月。② 钓矶:钓鱼时坐的岩石。指隐居。

秭归①江头烟雨昏,客舟夜系梅花村。
相逢万里各羁旅,不待猿啼已断魂。

① 秭归:在长江西陵峡两岸。

青羊宫①前锦江路,曾为梅花醉十年。
岂知今日寻香处?却是山阴雪夜船。

① 青羊宫:道观,在四川成都。

沈园①

城上斜阳画角②哀,沈园非复旧池台。
伤心桥下春波绿,曾是惊鸿③照影来。

① 沈园:山阴城南沈姓园林。陆游娶妻唐婉,感情谐好,无奈陆母拆离。绍兴二十五年(1155),二人在沈园相遇,泪眼相对,陆游题《钗头凤》词,唐婉病逝后四十年,庆元五年(1199)陆游

再游沈园。②画角：古代乐器，外加彩绘，故称"画角"，发音哀厉高亢。③惊鸿：惊飞的鸿雁，借指体态轻盈的美女。三国魏曹植《洛神赋》："翩若惊鸿，婉若游龙。"

梦断香消四十年①，沈园柳老不吹绵②。
此身行作稽山土③，犹吊遗踪一泫然④。

①"梦断"句：指唐婉死去四十年。②绵：柳絮。③稽山土：稽山，会稽山。土，化为尘土，指死。④泫（xuàn）然：流泪的样子。

致仕后即事〔一〕

休官拜命①不胜荣，墨湿黄新②照眼明。
络绎交亲来作贺，羊腔酒担③拥柴荆。

〔一〕共十五首，录一、四、五、七、九、十五。

①拜命：拜谢厚命。命，指示、命令。②墨湿黄新：湿，字迹未干。黄新，明黄色诏书。③羊腔酒担：羊肉和酒。

白发三朝①执戟郎②，赐骸③偶值岁丰穰④。
村东已种千畦麦，舍北新添百本桑。

①三朝：指陆游身历南宋三代帝王，即宋高宗赵构（1107—1187），宋孝宗赵昚（1127—1194），宋光宗赵惇（1147—1200）。②执戟郎：古代警卫宫门的官员。此指低等级官员。③赐骸：古代大臣请求致仕（即告老还乡）的婉词。④丰穰（ráng）：庄稼丰收。

老民①一日脱朝衣②,回首平生万事非。
赤脚婢沽村酿③去,平头奴驭草驴归。

① 老民:指陆游。② 朝衣:官服。③ 村酿:村酒。

沉绵①分已饯余生②,造物③苦留未遣行。
今日下床还健在,一编来就小窗明。

① 沉绵:疾病缠身。② 饯余生:度过余生。饯,设酒食送行。③ 造物:运气,造化。

一盂麦饭掩柴关,坐久不堪腰脚顽①。
拖得瘦藤②闲信步,小桥东北望螺山。

① 顽:顽固,不舒服。② 瘦藤:手杖。

多事①车前要八驺②,老人惟与一藤游。
未教变化为龙去,更踏人间万里秋。

① 多事:多余的事,做没必要做的事。② 八驺(zōu):八卒骑马前导出行。

冬晴与子坦、子聿游湖上

湖边细霭①弄霏微②,柳下人家昼掩扉。
乘暖冬耕无远近,小舟日晚载犁归。

① 细霭：云气。② 霏微：雾气、细雨等弥漫的样子。

村南村北纺车①鸣，打豆家家趁快晴②。
过尽水边牛迹路，岭头猿鸟伴闲行。

① 纺车：古代有轮可转动的纺纱器具。② 快晴：爽朗的晴天。

道边白水如牛湩①，知是山泉一脉来。
会挈②风炉并石鼎③，桃枝竹里试茶杯④。

① 牛湩（dòng）：牛奶。② 挈（qiè）：携带。③ 石鼎：陶制的烹茶用具。④ "桃枝竹"句：古人爱在竹林中烹茶。桃枝竹，竹之一种。

海山山下百余家，垣屋①参差一带斜。
我欲往寻疑路断，试沿流水觅桃花。

① 垣屋：围墙和房屋。

老僧八十无童子，礼佛看经总不能。
双手丫叉①出迎客，自称六十六年僧②。

① 丫叉：交叉。② "自称"句：指僧腊，僧尼受戒后的年岁。

一榼①无时可醉吟，一藤随处得幽寻②。
先须挽取银河水，净洗人间尘雾心。

① 榼（kē）：古代盛酒器。② 幽寻：搜寻幽僻美好的地方。

龟堂杂兴[一]

朝来地碓玉①新春,鸡跖②豚肩异味重。
便腹③摩挲更无事,老人又过一年冬。

[一] 共十首,录八。

① 玉:玉粒,粟类谷物。② 鸡跖(zhí):鸡足踵。③ 便(pián)腹:肥满之腹。

曳①杖东冈信步行,夕阳偏向竹间明。
丹枫②吹尽鸦声乐,又得霜天一日晴。

① 曳(yè):拖。② 丹枫:经霜泛红的枫叶。

闽溪纸被①软于绵,黎峒花绸②暖胜毡。
一夜山中三尺雪,未妨老子日高眠。

① 纸被:以藤纤维纸为材料的被子。两宋纸被,主要产于福建江西。② 黎峒花绸:海南黎峒所产纺织品。

三分带苦桧花蜜①,一点无尘柏子香②。
鼻观舌根俱得道,悠悠谁识老龟堂。

① 桧(guì)花蜜:陆游《老学庵笔记》:"亳州太清宫桧至多,桧花开时,蜜蜂飞集其间,不可胜数。作蜜极香而味带微苦,谓之桧花蜜,真奇物也。"② 柏(bǎi)子香:香名,加工柏树籽做成的香或香丸以焚熏。

方石斛①栽香百合②,小盆山③养水黄杨④。
老翁不是童儿态,无奈庵中白日长。

①石斛（hú）：兰科植物，茎直立，药用较广的中药，亦有观赏价值。②百合：百合科植物，可药用食用，亦有观赏价值。③小盆山：山茶花。④水黄杨：木犀科植物。

少年身寄市朝①中，俗论纷纷聒②耳聋。
清绝③宁知有今日？高眠终夜听松风。

①市朝：偏指"朝"，指朝廷，官府。②聒（guō）：声音嘈杂，使人厌烦。③清绝：形容秀美至极。

蒲团安坐地炉温，无位真人①出面门。
世上不知何岁月，断钟残角送黄昏。

①无位真人：真我，本来面目之人。

散朴浇淳万事新①，腐儒空有涕沾巾②。
唐虞③不是终难致，自欠皋夔④一辈人。

①"散朴"句：浮薄的陋习破坏了淳厚的风气，什么事情都不一样了。散朴浇淳，浇薄淳厚，离散朴质。②"腐儒"句："腐儒"徒然落泪，毫无用处。腐儒，愤慨之言反语。③唐虞：尧舜时期，古人以为太平盛世。④皋夔：皋陶和夔，传说皋陶是虞舜时刑官，夔是虞舜时乐官。此借指贤臣。

庚申元日口号〔一〕

数行晴日照青鸳①，春入屠苏②潋滟樽。
儿报山僧留刺③去，未为无客到吾门。

陆放翁七绝

〔一〕庆元六年,七十六岁。

① 青鸳:青鸳瓦,黑色的屋瓦。屋瓦一俯一仰,故称。② 屠苏:屠苏酒,相传农历正月初一饮用,可以避邪、不染瘟疫。③ 刺:名片。

黄绨①五丈裁衫稳②,黑黍三升作饭香。
造物要教无愧怍③,一身温饱出耕桑④。

① 黄绨(shī):黄色的粗绸。② 稳:妥当,妥帖。③ 愧怍(zuò):惭愧。④ 耕桑:种田和养蚕,指从事农业劳动。

南陌东阡自在身,耄年①喜见岁华②新。
洛中九老③非吾侣,且作山阴十老人。

① 耄(mào)年:年老。八九十岁为耄。② 岁华:时光,年华。③ 洛中九老:九老,亦称"香山九老""会昌九老",相传唐朝会昌时,由胡杲、吉玫、刘贞、郑据、卢贞、张浑、白居易、李元爽、禅僧如满等几位七十岁以上的友人,在洛阳龙门之东的香山结成"九老会"。

晚涂初入长生运,新岁仍当大有年。
剩与乡邻同觅醉,市楼酒贱不论①钱。

① 不论钱:不管多少钱。

仁和馆外列鹓行,忆送龙舟幸建康①。
舍北老人同甲子,相逢挥泪说高皇②。

①"仁和"句:宋高宗绍兴三十一年(1161),金主完颜亮南侵,高宗下诏亲征。十二月,如建康,陆游时为枢密院编修,送御

驾亲征。②"舍北"句：陆游年七十六岁，庆元六年（1200），致仕居家。同甲子，庆元六年（1200），宋光宗赵惇卒。说高皇，指宋高宗御驾亲征之事。

枕上口占〔一〕

五十年间万事空，懒将白发对青铜①。
故人只有桃花在，惆怅无情一夜风。

〔一〕三首，录其末。

① 青铜：铜镜。

喜晴

江湖①春暮多风雨，点滴空阶实厌听。
剩喜今朝有奇事，一窗晴日写黄庭②。

① 江湖：江河湖海。此指居所水乡。② 黄庭：《黄庭经》，又名《老子黄庭经》。

枕上

残灯熠熠①露萤明，落叶萧萧寒雨声。
堪笑衰翁睡眠少，小诗常向此时成。

① 熠熠：闪烁的样子。

断香①犹在梦初回，灯似孤萤阖复开。
怪底诗情清彻骨，数声新雁②枕边来。

① 断香：一阵阵的香气。② 新雁：刚从北方飞来的大雁。雁为候鸟，随季节而迁徙。北方初秋，大雁遂结阵南飞。

对酒戏咏

浅倾西国①葡萄酒，小嚼南州豆蔻花②。
更拂③乌丝④写新句，此翁可惜老天涯⑤。

① 西国：西域。② 豆蔻花：植物白豆蔻的花，可入药，亦可食用，主要产于广西、广东、云南、贵州。③ 拂：轻轻掠过。④ 乌丝：乌丝栏，有墨线格子的笺纸。⑤ 老天涯：身老遥远之地。

食晚

日高①得米唤儿舂，苦雨②园蔬久阙供。
省事家风③君看取，半饥半饱过残冬。

① 日高：指正午。② 苦雨：久下成祸害的雨。③ 家风：陆游。

小舟白竹篷盖,保长所乘也。偶借至近村,戏作

茅檐细雨湿炊烟,江路①清寒欲雪天。
不爱相公②金络③马,羡他亭长白篷船。

① 江路:江边道路。② 相公:古代对宰相的敬称,泛指官吏。③ 金络:金络头,金饰的马笼头。

雪云无际暗长空,小市①孤村禹庙东。
一段荒寒②端③可画,白篷笼底白头翁。

① 小市:小集市。② 荒寒:荒凉冷清。③ 端:确实。

稻饭

买得乌犍遇岁穰,此身永免属官仓①。
塘南塘北九千顷,八月村村稻饭香〔一〕②。

〔一〕原注:镜湖下至海,凡种稻九千顷。

①"此身"句:指致仕回乡的生活。属官仓,隶属官仓,指就职朝廷。官仓,朝廷支配的仓廪。②"八月"句:指农历八月进入秋季,秋收稻谷。

追感往事

太平翁翁①十九年②,父子③气焰可熏天。
不如茅舍醉村酒,日与邻翁相枕眠。

①太平翁翁：陆游自注："绍兴中，禁中谓秦太师为'太平翁翁'。"②十九年：《宋史·奸臣·秦桧传》载，绍兴元年（1131）八月拜右仆射、同中书门下平章事，兼知枢密院事。……二年（1132）八月，桧罢。……八年（1138）三月，拜右仆射、同中书门下平章事，兼枢密使。……桧两居相位，凡十九年。③父子：指秦桧父子同居朝廷高位。

世事纷纷过眼新①，九衢依旧涨红尘。
桃花梦破刘郎老，燕麦摇风别是春。

①过眼新：日新月异。

渡江之初①不暇给，诸老文辞今尚传。
六十年②间日衰靡，此事安可付之天？

①渡江之初：指建炎三年（1129）靖康之变，建炎南渡。金国派大将金兀术（完颜宗弼）讨伐宋高宗赵构，奔袭扬州。宋高宗携建炎集团南渡，逃往临安（今杭州）。②六十年间：自建炎三年（1129）至淳熙十六年（1189）。

文章光焰伏不起，甚者自谓宗晚唐①。
欧曾不生二苏死②，我欲痛哭天茫茫。

①"甚者"句：指"永嘉四灵"，今浙江温州徐照（字灵晖）、徐玑（字灵渊）、翁卷（字灵舒）、赵师秀（字灵秀）四人，以中、晚唐诗人为师学对象，又专注晚唐贾岛与姚合的五律。②"欧曾"句：欧指欧阳修，曾指曾巩，二苏指苏轼、苏辙，皆为唐宋诗文大家。

诸公①可叹善谋身，误国当时岂一秦②？

不望夷吾③出江左,新亭对泣④亦无人。

① 诸公:朝廷中的议和派。② 一秦:指议和派主要人秦桧。③ 夷吾:管仲,名夷吾,安徽颖上人。齐桓公任命管仲为上卿、相国,辅佐齐桓公成为春秋第一霸主。④ 新亭对泣:多表示感怀故国,志图恢复。

雨晴,风日绝佳,徙倚门外

一双芒屩①伴筇枝,不用儿扶自出嬉。
贪看南山云百变,舍西溪上立多时。

① 芒屩(juē):即芒鞋。古代用草编的轻便鞋履。

茶酽①无端废午眠,杖藜信步到门前。
青裙溪女结蚕卦②,白发庙巫③催社钱④。

① 茶酽(yàn):浓茶。酽,指(汁液)浓,味厚。② 蚕卦:清查慎行《得树楼杂钞》卷十五:"卦,疑当作挂。乡里妇人用线穿茧悬神祠,以祈蚕。浙东亦有之。"③ 庙巫:庙师。④ 社钱:社事祭祀活动用钱。

章老三年病方死,吴翁一夕呼不醒。
独有此身顽似铁①,倚门常看暮山青〔一〕。

〔一〕原注:章、吴,皆邻人,以去冬死。

① 顽似铁:强硬如铁。

海上作

厌逐纷纷儿女曹①,挂帆江海寄吾豪。
鲸吞鼍作浑闲事,要看秋涛天际高。

① 儿女曹:儿女辈。

夏日杂题^{〔一〕}

憔悴衡门①一秃翁,回头无事不成空。
可怜万里平戎②志,尽付萧萧暮雨中。
〔一〕八首,录七、八。

① 衡门:横木为门,指简陋的房屋。② 平戎:平定外族,指收复沦陷金的中原。

衰疾沉绵短鬓疏,凄凉圯上一编书①。
中原久陷身垂老,付与囊中饱蠹鱼。

①"凄凉"句:《史记·留侯世家》:"良尝闲,从容步游下邳圯上……(老父)出一编书……乃《太公兵法》也。"圯(yí):桥。

出门与邻人笑谈久之,戏作^{〔一〕}

暮霭①昏昏半掩扉,偶逢邻叟荷锄②归。
且令闲说乡村事,莫问渠③言是与非。

〔一〕四首,录其二。

① 暮霭:黄昏时的云气。② 荷锄:扛着锄头。③ 渠:他。

夜归[一]

今年寒到江乡早,未及中秋见雁飞。
八十老翁顽似铁,三更风雨采菱归。

〔一〕嘉泰元年辛酉,七十七岁。

芡浦菱陂①夜半时,小舟更著疾风吹。
青荧②一炬枫林外,鬼火③渔灯两不知。

① 陂(bēi):指池塘的岸。② 青荧:青光闪映。③ 鬼火:磷光。

钱道人不饮酒食肉,囊中不畜一钱,所须饭及草屦二物,皆临时乞钱买之。非此,虽强与不取也

万里飘如不系船,空囊短褐①过年年。
食时无饭芒鞋破,只向街头旋②乞钱。

① 短褐:粗布短衣。褐,粗麻制成的衣服。② 旋(xuàn):临时(做)。

误辱君王赐镜湖,身随鸥鹭寄菰蒲①。
行年②八十犹强健,欲伴先生③去得无?

① 菰蒲:菰和蒲,指湖泽。② 行年:指年龄。③ 先生:指钱道人。

秋日杂咏〔一〕

都门初出若登仙①,弄水穿云喜欲颠。
只恐光阴已无几,不知又过十三年②。

〔一〕八首,录一、二、三。

① "都门"句:绍熙元年(1190),陆游再次离开京师。② 十三年:自绍熙元年(1190)至嘉泰二年(1202),陆游半官半隐十三年。

五百年前贺季真①,再来依旧作闲人。
一生看尽佳风月②,不负湖山不负身。

① 贺季真:即贺知章。敕赐镜湖,终于此处。② 佳风月:好山水,山间明月,江上清风。

菰蒲风起暮萧萧①,烟敛林疏见断桥。
白蟹鳖鱼初上市,轻舟无数去乘潮②。

① 暮萧萧:暮色冷凝凄清。② 乘潮:趁着潮水行船。

倚楼〔一〕

暮云细细鳞千叠①,新月纤纤玉一钩②。
叹息化工③真妙手,冲寒④来倚水边楼。

〔一〕原注:初三日。

① 鳞千叠:形似鱼鳞的云。② 玉一钩:玉制的挂钩,比喻新月。③ 化工:自然造化。④ 冲寒:冒着寒冷。冲,对着,向着。

除夕

六圣涵濡①作幸民,明朝七十八年身②。
门前西走都城道,卧看无穷来往人。

① 六圣涵濡:六圣的泽化。六圣,史圣司马迁、草圣张芝、医圣张仲景、书圣王羲之、画圣吴道子、诗圣杜甫。涵濡,润泽、浸染。②"明朝"句:指明日年龄七十八。

梅花绝句〔一〕

几年不到合江园,说著当时已断魂①。
只有梅花知此恨,相逢月底却无言。

〔一〕嘉泰二年壬戌,七十八岁。

① 断魂：惆怅、悲哀的样子。

当年走马锦城西，曾为梅花醉似泥①。
二十里中香不断，青羊宫到浣花溪。

① 醉似泥：酒醉似泥。泥，虫类。

闻道梅花坼①晓风，雪堆②遍满四山中。
何方可化身千亿？一树梅前一放翁。

① 坼（chè）：裂开。② 雪堆：开放的梅花。

小亭终日倚阑干，树树梅花看到残。
只怪此翁常谢客①，元来不是怕春寒②。

① 谢客：谢绝会客。②"元来"句：对应"常谢客"，不是怕寒只因爱看梅花。元来，即原来。

乱篸①桐帽②花如雪，斜挂驴鞍酒满壶。
安得丹青③如顾陆④？凭渠画我夜归图。

① 篸（zān）：古通"簪"，绾住头发的一种首饰。② 桐帽：桐木为骨子做的幞头。③ 丹青：绘画的代称。④ 顾陆：东晋画家顾恺之、南朝宋画家陆探微，皆擅人物画。

红梅过后到缃梅①，一种春风不并开。
造物无心还有意，引教②日日放翁来。

① 缃梅：浅黄色梅花。缃，浅黄色。② 引教：吸引，招来。

别严和之①

器之魂逝已难招②,尚有和之慰寂寥。
今夜月明空叹息,想君孤棹泊溪桥。

① 严何之:生平不详,与庄器之应相熟知。②"器之"句:庄器之,名治,陆游为之作《庄器之作招隐阁项平父诸人赋诗,予亦继作》。招,招魂,古人有招魂之礼。

千里风烟行路难,旅舟应过子陵滩①。
人间富贵知何物,莫负君家旧钓竿②。

① 子陵滩:七里滩,又名严陵濑,富春江的一段。北岸富春山(严陵山)相传为东汉严光隐居垂钓处。②"莫负"句:严子陵,不慕富贵,耕读垂钓隐居。旧钓竿,比喻垂钓隐居的高风亮节。

夏初湖村杂题〔一〕

市远村深客到稀,草堂终日掩柴扉。
酿成新蜜蜂儿静,分尽残泥燕子归。
〔一〕八首,录一、四、七。

日落溪南生暮烟,幅巾①萧散立桥边。
听残赛庙冬冬鼓,数尽归村只只船。

① 幅巾:古代男子以整幅帛纱裹头的头巾。此代指男子。

幽禽两两已成巢,新竹森森渐放梢。
稻垄作陂先蓄水,野堂①防漏却添茅。

① 野堂:村居的堂屋。

夜吟〔一〕

似睡不睡客欹枕,欲落未落月挂檐。
诗到此时当得句,羁愁①病思恰相兼。
〔一〕先生以嘉泰二年五月入都,直史局,修两朝实录、三朝史。此下皆在都时之诗。

① 羁(jī)愁:旅居在外人的愁思。羁,寄居在外。

六十余年妄学诗,工夫深处独心知①。
夜来一笑寒灯下,始是金丹换骨时。

① 心知:心里明白。

感旧赠超师

一声清跸①出行宫,百尺黄旗绣戏龙。
我赴文场君受戒②,道边曾共望高宗③。

①清跸:指古代帝王出行。②"我赴"句:陆游绍兴十年(1140),

赴临安应试。③高宗：宋高宗赵构，南宋立国皇帝。

谢韩实之直阁送灯

玉作华星①缀绛绳②，楼台交映暮天澄③。
东都④父老今谁在？肠断当时谏浙灯⑤。

① 华星：灯光闪烁，光彩夺目。② 绛绳：红色灯笼穗儿。③ 澄：明亮。④ 东都：北宋都城开封。⑤ 谏浙灯：宋神宗下旨采购浙灯四千余盏，且降价采购，禁止私自买卖。苏轼作有《谏买浙灯状》。

旧友年来不作疏①，华灯乃肯寄蜗庐②。
宁知此老萧条甚，二尺檠③前正读书。

① 疏：关系远，不亲近。② 蜗庐：谦称自己的屋舍。③ 檠：灯。

绍兴癸亥，余以进士来临安，年十九。明年上元，从舅光州通守唐公仲俊招观灯。后六十年嘉泰壬戌，被命起造朝。明年癸亥，复见灯夕游人之盛，感叹有作

随计①当时入帝城，笙歌灯火夜连明。
宁知六十余年后②，老眼重来看太平？

① 随计：指举子赴试。陆游绍兴十三年（1143）再次往临安应试。②"宁知"句：此诗嘉泰三年（1203）春作于临安，上至绍

兴十三年，正好六十年。

梦游

太华峰头①秋气新，醉临绝壁岸纶巾。
世间万事惟堪笑，禹迹②茫茫九片尘。

① 太华峰头：西岳华山，在陕西华阴南。② 禹迹：中国的疆域。相传夏禹治水，足迹遍九州，因称疆域为禹迹。

九秋风露洗头盆①，万里云烟腰带鞓。
小瓮松醪知已熟，与君烂醉不须醒。

① 洗头盆：玉女洗头盆，在华山中峰玉女祠前。

客途幽梦苦凄凄，满眼山川意却迷。
条华①朝驱云外骑，河潼②夜听月中鸡。

① 条华：太行山及华山之间，有中条山，在山西南部，黄河、涑水河之间。② 河潼：黄河，潼关。

闻蛩①

蝉声未断已蛩鸣，徂岁②峥嵘③得我惊。
八十光阴犹几许，勉思忠敬尽余生。

① 蛩（qióng）：蟋蟀。② 徂岁：即徂年，光阴流逝。③ 峥嵘：指岁月逝去。

稽首周公万世师，小儒命薄不同时。
秋虫①却是生无憾，名在豳人七月诗②。

① 秋虫：指蟋蟀。② 豳人七月诗：指《诗经·豳风·七月》。

湖上秋夜

湖上山衔①落月明，钓筒收罢叶舟横。
不知身世在何许②，一夜萧萧芦荻声。

① 衔：含。② 何许：哪里。

秋思〔一〕

乌桕①微丹菊渐开，天高风送雁声哀。
诗情也似并刀②快，剪得秋光入卷来。
〔一〕三首，录一。

① 乌桕：乌桕树，落叶乔木。春秋季叶色红艳夺目。② 并刀：并州（今山西太原）剪刀。

杂兴[一]

灵府宁容一物侵？此身只合老山林。
何由挽得银河水，净洗群生忿欲①心。

〔一〕十首，录三、七、八。

① 忿欲：愤恨嗜欲。

扁舟夜载石帆①月，双履晓穿天柱②云。
八十老翁能办此，不须身将渡辽军〔一〕②。

〔一〕原注：谓李勣。

① 石帆：石帆山，又称吼山，在浙江绍兴东。② 天柱：天柱山，在山阴城南。②"不须"句：唐乾封二年（667），李勣大军渡辽水，平定高句丽。

犀象①本安山海远，梗楠②岂愿栋梁材？
伏波病困壶头日③，应有严光入梦来。

① 犀象：犀牛和象。古代犀角和象牙都是重器。② 梗楠：黄梗木与楠木，皆大木。③"伏波"句：东汉马援受封为伏波将军。南朝宋范晔《后汉书·马援传》："征五溪，……三月，进营壶头。……会暑甚，士卒多疾死，援亦中病，遂困。"

书事①

闻道舆图②次第还，黄河依旧抱潼关。
会当小驻平戎帐，饶益③南亭看华山〔一〕。

〔一〕原注：饶益寺南亭，尽得太华之胜。

① 事：指陆游听到宰相韩侂胄准备北伐，欣喜之情洋溢笔端。② 舆图：地图，疆域。此指中原沦陷地。③ 饶益：饶益寺，初建于南梁天监年间，在朝邑（同州）东南。

关中父老望王师，想见壶浆满路时。
寂寞西溪①衰草里，断碑犹有少陵诗②。

① 西溪：即西潩溪。② 少陵诗：指唐杜甫描写西溪的诗。

鸭绿①桑乾②尽汉天，传烽自合过祁连③。
功名在子何殊我，唯恨无人快著鞭。

① 鸭绿：水名，在辽宁。② 桑乾：水名，在河北。③ 祁连：山名，在甘肃一带。

九天清跸响春雷，百万貔貅①扈驾回。
不独雨师先洒道，汴流②衮衮入淮来。

① 百万貔貅（pí xiū）：此指南宋军队。貔貅，指古代神话传说的一种凶猛的瑞兽。② 汴流：汴水，即通济渠，流经河南开封，连通黄河、淮河。

雨后

雨后凉生病体轻①，闲拖挂杖出门行。
槐花落尽桐阴薄②，时有残蝉一两声。

① 病体轻：身体无力。② 薄：与厚相对，引申为稀薄。③ 残蝉：秋蝉。

甲子秋八月，偶思出游，往往累日不能归，或远至旁县。凡得绝句十有二首，杂录入稿中，亦不复诠次也〔一〕

啮雪犹能活窖中①，侩牛亦可隐墙东②。
来归里社当知幸，万卷书边一老翁。

〔一〕录一、三、五、六、七、八、九、十二。

①"啮雪"句：指苏武啮雪吞旃，威武不屈。汉班固《汉书·苏武传》："天雨雪，武卧，啮雪与旃毛并咽之。"②"侩（kuài）牛"句：侩牛墙东，指避世隐身。范晔《后汉书·逢萌传》："（王）君公遭乱，独不去，侩牛自隐。时人谓之论曰：'避世墙东王君公。'"

早携书剑三随计，晚辱弓旌四造朝。
心愧石帆山下叟，一生不识浙江潮①。

① 浙江潮：钱江潮。

蓍囊药笈①每随身，问病求占②日日新。
向道不能渠岂信，随宜酬答免违人。

①蓍（shī）囊药笈：装蓍草的布囊和药箱。蓍，蓍草，茎直立，古人用它的茎占卦。笈，盛书的箱子。② 求占：古代用龟甲、

蓍草预测吉凶。

药粗野老偏称效①,诗浅山僧妄谓工②。
怀饼裹茶来问讯,不妨一笑寂寥中。

① 效:功效,效果。② 工:精巧,精致。此指作诗法。

家居愈老厌拘缠①,旅舍僧房意自便。
乞菜作羹殊有味,借床小憩②即成眠。

① 拘缠:缠绕,纠缠。② 小憩:稍作休息,瞌睡。

乡闾①敬老意常勤,一味甘鲜②必见分。
大胾③在前无箸食,始知富贵本浮云。

① 乡闾:民众聚居之处,乡亲。② 甘鲜:甘指味美的食物,鲜指鱼虾等水鲜。③ 胾(zì):大块肉。

市楼嘈囋①知丰岁,驿树轮囷傲早霜。
六十年间凡几到,剩沽新酒对斜阳。

① 嘈囋:声音嘈杂的样子。

秋风败叶委苍苔,小蹇闲游始此回。
溪上风烟争晚渡,县前灯火卖新醅。

感昔

行年三十忆南游①,稳驾沧溟②万斛舟。
常记早秋雷雨霁③,舵师指点说流求。

① 南游:陆游在绍兴二十九年(1159)秋游福州。② 沧溟:大海。③ 雨霁(jì):雨后天色放晴。

马瘦行迟自一奇,溪山佳处看无遗。
酒垆①强挽人同醉,散去何曾识是谁?

① 酒垆:酒肆,酒店。

负琴腰剑成三友①,出蜀归吴历百城。
最是客途愁绝处,巫山庙下听猿声。

① 三友:自己、琴、剑。

岳阳①三伏正炎蒸,爽气凄风见未曾。
白浪蹴②天楼欲动,当时恨不到黄陵。

① 岳阳:湖南东北部,临洞庭湖,范仲淹作《岳阳楼记》。② 蹴(cù):逐。

行遍天涯只漫劳①,归来登览兴方豪。
云生神禹千年穴②,雪卷灵胥③八月涛。

① 漫劳:徒劳。② 穴:禹穴,传说大禹葬于此,在浙江绍兴会稽山。③ 灵胥:波涛。相传伍子胥死后为涛神,故称灵胥。

暮秋

多雨今秋水渺然①,沟溪无处不通船。
山回忽得烟村路,始信桃源是地仙②。

① 渺然:渺茫,不见边际。② 地仙:住在人间的仙人,此处指乡间。

闲倾清圣浊贤①酒,稳泛朝南暮北风。
射的山前云几片,一秋不散伴渔翁。

① 清圣浊贤:指酒。

百年大耋①龙钟②日,九月初寒惨澹天。
岭谷高低明野火,村墟③远近起炊烟。

① 大耋(dié):老年人,或高龄。耋,七八十岁的年纪,泛指老年。② 龙钟:老态龙钟,形容年老体衰、行动不便。③ 村墟(xū):村庄。

舍前舍后养鱼塘,溪北溪南打稻场①。
喜事一双黄蛱蝶,随人来往弄秋光。

① 打稻场(cháng):晒粮和脱粒的平坦空地。

九月山村已骤寒,看云殊怯倚阑干。
一杯浊酒栽培①睡,不觉春雷②起鼻端。

① 栽培:种植培养。此指安神助眠。② 春雷:打鼾声。

清秋又是一年新,满眼丹枫映白蘋。
海内故人①书断绝,汀洲鸥鹭却心亲②。

① 故人:旧交,老朋友。② 心亲:神交的意思。

晚归

梅市桥边弄夕霏①,菱歌声里棹船归。
白鸥去尽还堪恨,不为幽人暖钓矶。

① 夕霏:傍晚的雾霭。

太息

太息贫家似破船,不容一夕得安眠。
春忧水潦秋防旱,左右枝梧①且过年。

① 枝梧:支撑,支持。

祷庙①祈神望岁穰,今年中熟②更堪伤。
百钱斗米无人要,贯朽③何时发积藏?

① 祷庙:到寺庙中祈祷。② 中熟:中等的年成。③ 贯朽:穿钱的绳子朽断。

北陌东阡有故墟①，辛勤见汝昔营居②。
豪吞暗蚀③皆逃去，窥户无人草满庐。

①故墟：遗迹，废墟。②营居：建造居所。③豪吞暗蚀：强横地侵占，不知不觉地损坏。

柳桥

村路初晴雪作泥①，经旬不到小桥西。
出门顿觉春来早，柳染轻黄②已蘸溪③。

①雪作泥：雪泥，雪后泥路。②柳染轻黄：新柳嫩黄。③蘸（zhàn）溪：柳条拂水。

鸥

海上轻鸥何处寻，烟波万里信浮沉。
今朝忽向船头见，消尽平生得丧心。

鹭

雪霁春回亦乐哉！棋轩①正对小滩开。
翩翩飞鹭真吾友，肯为幽人②一再来。

① 棋轩：下棋的小屋。② 幽人：隐居之士，指陆游。

梦中作[一]

华山敷水本闲人①，一念②无端堕世尘。
八十余年多少事？药炉丹灶尚如新。
〔一〕开禧乙丑，八十一岁。

① 闲人：与事无关的人。② 一念：佛家指极短促的时间。

自咏绝句

双鬓萧条①失故青②，躬耕犹得养余龄。
明时③恩大无由报，欲为乡邻讲孝经④。

① 萧条：鬓发稀少。② 青：青丝，黑头发。③ 明时：本朝。
④ 孝经：儒家十三经之一，阐述孝道和孝治思想。

深村人有结绳风，晚岁身为带索翁。
啜①粥茹②蔬茅屋底，谁知也过百年中？

① 啜（chuò）：尝，喝。② 茹（rú）：吃。

不沦鬼录①不登仙，游戏杯觞近百年。

小市跨驴寒日里，任教人作画图传。

① 鬼录：旧时迷信死人的名簿。

逆旅①门前拨不开，先生醉策②蹇驴来。
未言乞得囊中药，一见童颜且压灾③。

① 逆旅：指客舍、旅店。② 策：用鞭子驱赶。③ 压灾：镇灾免祸。

远游索手①不赍②粮，薪米临时取道傍。
今日晴明行亦好，经旬风雨住何妨？

① 索手：空手。② 赍（jī）：带着。

一条纸被①平生足，半碗藜羹②百味全。
放下元来总无事，鸡鸣犬吠送残年。

① 纸被：古时用藤纤维纸制成的一种被子。② 藜羹：藜菜羹，指粗劣饮食。

平生宁独爱吾庐，何处茅檐不可居？
昼阙僮奴停接客，夜无膏火罢观书。

睡著何曾厌夜长，老人少睡坐何伤？
无灯无火①春寒恶，破絮粗毡即道场②。

① 火：取暖。② 道场：原指成佛之所，此指可以安身的处所。

新制小冠

浅醉①微吟独倚阑,轻云淡月不多寒。
悠然顾影成清啸,新制栟榈②二寸冠。

① 浅醉:微醉。② 栟榈(bīng lú):棕榈。

栟榈冠子轻宜发,练布①单衣爽辟尘。
纵不能诗亦堪画,年余八十水云身②。

① 练(shū)布:粗麻织物。② 水云身:指行脚僧,佛教语。

秋怀

少年万里度关河,老遇秋风感慨多。
草圣①诗情元未减,若无明镜奈君何。

① 草圣:唐代书法家张旭。

园丁傍架摘黄瓜,村女沿篱采碧花。
城市尚余三伏①热,秋光先到野人家②。

① 三伏:一年中气温最高且又潮湿、闷热的时段,在二十四节气的小暑、处暑之间。② 野人家:指村野农家。

迢迢枕上望明河①,帐薄帘疏奈冷何?

不惜衣簰②重换火,却缘微润得香多。

① 明河:指银河星。② 衣簰:衣薰笼。

诗如水淡功差进①,身似云孤累转轻。
落叶拥篱门巷晚,一枝藤杖且闲行。

① 差进:还没有达到要求。

秋思绝句〔一〕

烟草茫茫楚泽①秋,牧童吹笛唤归牛。
九衢不是风尘少,一点能来此地不?

〔一〕六首,录前五。

① 楚泽:指山阴(绍兴)。春秋时山阴属越国,战国时期,楚灭越,山阴属楚国。

荣悴①元知岂有常?纷纷草木占年光②。
霜风一扫知何在?楚客从来枉断肠。

① 荣悴(cuì):荣枯,喻人世的盛衰。悴,枯萎。② 年光:年华,时光。

一片云生便作阴,东轩草树共萧森①。
秋风岂必关人事?自是衰翁②感慨深。

①萧森：草木凋零枯萎。②衰翁：老翁，指陆游。

枳棘①编篱昼掩门，桑麻遮路不知村。
平生诗句传天下，白首还家自灌园②。

①枳（zhǐ）棘：枳木与棘木。枳，落叶灌木或小乔木，茎上有粗刺。棘，酸枣树，落叶灌木，有刺。②灌园：指退隐。

胸次本来容具区①，自私盆盎②一何愚！
片帆忽逐秋风起，聊试人间万里途。

①具区（ou）：旧指太湖。②盆盎：盆和盎，指粗劣的盛器。

老学庵北窗杂书[一]

茅斋遥夜①养心君，静处工夫自策勋。
正喜残香伴幽独，鸦鸣窗白又纷纷。

[一]七首，录三、六。

①遥夜：深夜，长夜。

松棚接屋得阴多，石径生苔奈滑何？
尽道疏篱①宜细雨，晴时最好晒渔蓑②。

①疏篱：篱笆。故称。②渔蓑：蓑衣。

秋兴

晨兴①秋色已凄凄，咿喔②犹闻隔浦鸡。
说与应门③谢来客，要乘微雨理蔬畦。

① 晨兴：早起。② 咿喔（yī wō）：禽鸣声。③ 应门：守门和应接叩门的人。

村酒甜酸市酒浑①，犹胜终日对空樽。
茅斋不奈秋萧瑟，蹋雨来敲野店②门。

① 酒浑：酒浑浊。酒以清者为佳。② 野店：乡村的酒店。

囷①储赤米枝梧饭，箧有青毡准拟寒②。
政使③堆金无处用，不须常贮一钱看。

① 囷：一种圆形的粮仓。② 准拟寒：准备御寒。③ 政使：布政使，主管一省行政和财赋的地方官。

病起残骸不自支，旋烹藜①粥解饥羸。
一编蠹简②青灯下，恰似吴僧夜讲时。

① 藜：藜麦。② 蠹简：虫蛀的书。

淹速①从来但信缘，襟怀无日不超然。
唤船渡口因闲立，待饭僧床得暂眠。

① 淹速：迟速，指时间的长短。

放翁老矣欲何之？采药名山更不疑。
但入剡中行百里，姓名颜状①有谁知。

① 颜状：容颜相貌。

樵客高僧①两断蓬，偶同烟榜②泛秋风。
栖贤③雪夜匆匆别，岂意相逢在剡中？

① 樵客高僧：打柴的人和僧人。高僧，德行崇高的僧人。② 烟榜：渡船。榜，船桨。③ 栖贤：隐居的贤士。

道室即事

看尽吴山看蜀山，归来不减旧朱颜①。
宣和遗老凋零尽，况说祥符景德间。

① 朱颜：红润健康的容颜。

松根茯苓味绝珍①，甑中枸杞香动人。
劝君下箸不领略②，终作邙山一害尘③。

① 绝珍：精美的食物。② 领略：品尝。③ "终作"句：人死后化作了尘土。

遍游海岳却归秦，除却南山①万事新。
长剑高车何足道，金人十二②也成尘。

① 南山：终南山，在陕西境内秦岭山脉中段。② 金人十二：指秦始皇铸金人十二。班固《汉书·五行志》："秦始皇帝二十六年，有大人长五丈，足履六尺，皆夷狄服，凡十二人见于临洮……是岁始皇初并六国，反喜以为瑞，销天下兵器，作金人十二以象之。"

黄金堆屋无处用，甲第①连云谁与居？
莫笑先生无仆马②，风雷万里跨鲸鱼。

① 甲第：豪门权贵的住宅。② 仆马：仆从和车马。

忆昨〔一〕

入蜀还吴迹已陈，兰亭道上又逢春。
诸君试取吾诗看，何异前身与后身①。

〔一〕开禧三年丁卯，八十三岁。

① 前身与后身：佛教语，前身，指前生。后身，佛教有"三生"之说，前生、今生、来生，来生即后身。

当年落魄锦江边，物外常多宿世缘①。
先主②庙中逢市隐③，丈人观④里识巢仙〔一〕。

〔一〕原注：邅道人卖药成都市中。巢仙谓上官先生。

① 宿世缘：前生缘。② 先主：指刘备。③ 市隐：隐于闹市。④ 丈人观：宫观名，在四川都江堰。

万里曾为汗漫游①，岂知白首弄渔舟②。
会骑一鹤凌风去，何处人间无酒楼。

①汗漫游：远游。②白首弄渔舟：指隐居。

出游归卧得杂诗

江天缺月西南落，村路寒鸡一再鸣。
自笑此身羁旅①惯，野桥孤店每关情②。

①羁旅：长期寄居他乡。②关情：动心，牵动情怀。

江村何处小茅茨①，红杏青蒲②雨过时。
半幅生绡③大年④画，一联新句少游⑤诗。

①茅茨：茅草屋。②青蒲：即蒲草，水生植物。③生绡（xiāo）：未漂煮过的丝织品，此指画卷。④大年：赵大年，北宋书画家。⑤少游：秦观，北宋词人。

眼明未了①观山债，力在犹能②涉水行。
莫笑轩然夸老健，身存终胜得浮名。

①未了：没有了却。②犹能：还能，尚且能。

壮岁经春①在醉乡，老来数酌不禁当②。
正须独倚蒲团坐，领略明窗半篆香。

①经春：春去秋来。②不禁当：不能承受，当不住。

儿扶行饭①出柴扉，伛偻方嗟②气力微。

道侧偶逢耘麦叟③,倚锄闲话两忘归。

① 行饭:饭后散步。② 方嗟(jiē):嗟叹。③ 叟(sǒu):老年男士。

久读仙经学养形①,未容便应少微星②。
一枝新锻金雅觜③,更向名山劚茯苓。

① 养形:保养身体。② 少微星:星座,在太微垣西。借指隐士、处士。③ 金雅觜(zuǐ):即金鸦觜,锄头名。

荠花如雪满中庭①,乍出芭蕉一寸青。
老子掩关②常谢客,短蓑锄菜伴园丁。

① 中庭:住宅正中心的庭院。② 掩关:佛教语,僧人闭门静坐,以求觉悟。此处指闭门。

晚交数子多才杰①,谁肯频来寂寞乡②?
但寄好诗三四幅,绝胜共笑亿千场。

① 才杰:优秀的人才。② 寂寞乡:一指清静、恬淡的状态,一指远离繁华的乡村。

烟波即事

短发垂肩不裹巾①,世人谁识此翁真?
阻风②江浦诗成束,卖药山城醉过春。

① 裹巾：古代男子从额往后包发，并将巾系紧。② 阻风：被风阻留。

烟波①深处卧孤篷，宿酒醒时闻断鸿②。
最是平生会心事，芦花千顷月明中。

① 烟波：烟雾笼罩的水面，借指隐居。② 断鸿：失群的孤雁。

家浮野艇①无常处，身是闲人不属官。
但有浊醪吾事足，浮名②不作一钱看。

① 野艇：指乡村小船。② 浮名：虚名。

落雁沙边艇子①斜，分明清梦上三巴②。
眼明一点炊烟起，不是渔家即酒家。

① 艇子：小船。② 三巴：巴蜀地区，泛指四川。今四川嘉陵江和綦江流域以东地区。

雕胡①炊饭芰荷②衣，水退浮萍尚半扉。
莫为风波羡平地，人间处处是危机。

① 雕胡：菰米，茭白子实，煮熟为雕胡饭。② 芰（jì）荷：荷叶。

梦笔桥①边听午钟，无穷烟水似吴松②。
前年送客曾来此，惟有山僧认得侬。

① 梦笔桥：即江寺桥。江寺始建于南朝齐建元二年（480），

由江淹子舍宅所建。江淹有文名,传说是因为他拥有神仙所送五色笔,才思泉涌,年老时做梦笔被收回,写不出来好文,称"江郎才尽"。梦笔桥名来源于这个传说。② 吴松:即吴淞江,是太湖流域最大、最主要的河流。

浪迹人间数十年,年年散发醉江天①。
岳阳楼②上留三日,聊与潇湘结后缘。

① 江天:江面与天际相接。② 岳阳楼:在湖南岳阳,临洞庭湖,与湖北的黄鹤楼、江西的滕王阁并称江南三大名楼。

烟水苍茫绝四邻,幽栖无地著纤尘。
萧条鸡犬枫林下,似是无怀①太古民。

① 无怀:无怀氏,传说中的上古帝王。《管子·封禅》:"昔无怀氏(古之王者,在伏羲前)封泰山禅云云。"

归老何须乞镜湖①?秋来日日饱莼鲈。
正令霖雨②称贤佐③,未及烟波号钓徒④。

①"归老"句:唐贺知章在天宝三载(744)辞官归乡,唐玄宗诏赐镜湖剡川一曲。② 霖雨:即连绵大雨,亦指甘雨。③ 贤佐:指贤明的辅臣。④ 烟波号钓徒:指隐逸。《新唐书·张志和传》:"居江湖,自称烟波钓徒。"

父子团栾①到死时,渔家可乐更何疑。
高文大策②人皆有,且听烟波十绝诗。

① 团栾(luán):团聚。② 高文大策:留传后世有功于德政的作品。

见鹊补巢戏作

卧看衔枝鹊补巢,方知此老懒堪嘲。
山村四十余年住,未省①曾添一把茅②。

①省(xǐng):明白,醒悟。②茅:即白茅,俗称茅草。

春晚即事

桑麻夹道蔽行人,桃李随风旋作尘。
煜煜红灯迎妇担,冬冬画鼓祭蚕神。

小时抵死①愿春留,老大逢春去即休。
今岁禹祠才一到,安能分日②作遨游③?

①抵死:拼死,冒死(表示坚决)。②分日:逐日,每天。③遨游:漫游,游历。

渔村樵市①过残春,八十三年老病身。
残虏游魂②苗渴雨,杜门③忧国复忧民。

①渔村樵市:打渔砍柴的地方,指隐居生活。②残虏游魂:指金人侵略者。③杜门:闭门。

龙骨车①鸣水入塘,雨来犹可望丰穰。
老农爱犊行泥缓,幼妇忧蚕采叶忙。

① 龙骨车：水车。

杂咏[一]

镜中颜状①年年改，海内交朋日日疏。
一恸寝门生意尽，从今无复季长书[二]②。

〔一〕十首，录其二。　〔二〕原注：近闻张季长物故。

① 颜状：容颜面色。② 季长书：南宋开禧三年（1207），张季长逝，陆游悲痛不已，作《哭季长》。

夏日杂题[一]

东吴①五月黄梅雨②，南浦孤舟白发翁。
貂插朝冠③金络马④，多年不入梦魂中。

〔一〕六首，录前五。

① 东吴：指绍兴，绍兴属三国时属孙吴。② 黄梅雨：指我国长江中下游区域内每年6月中旬到7月上中旬出现的一段连阴雨天气，时值江南梅子成熟，故称"梅雨""黄梅雨"。③ 貂插朝冠：貂蝉冠。宋时官员所戴头饰，在冠上插貂尾和蝉形的饰物。④ 金络马：带金饰马笼头的马。

午梦初回①理旧琴，竹炉重炷海南沉②。
茅檐三日萧萧雨，又展芭蕉数尺阴。

① 初回：刚刚醒。② 海南沉：海南沉香。海南沉香或白木香所提取的树脂如水即沉，故名。

新缝细葛①作蚊㡡②，簟展风漪③凛欲秋。
啼鸟一声呼梦断，依然书卷在床头。

① 细葛：葛麻织成的布。② 蚊㡡（dāo）：蚊帐。③ 风漪：借指竹席。

檐前桐影偏宜夏①，叶底蝉声渐报秋②。
莫道衰翁怯③风露，也能觅醉水边楼。

① 偏宜夏：最适合夏季（乘凉）。偏，即很、最。② 渐报秋：逐渐地传达了秋的消息。③ 怯：畏惧。

渚蒲①经雨送微馨②，野鹤凌风③有堕翎。
归入衡门天薄暮，清沟浅浸④两三星。

① 渚蒲：生活在河边或池沼内的草本植物。② 微馨（xīn）：细微的香气。③ 凌风：乘风飞翔。④ 浅浸：倒映。

秋晚杂兴

汀①树犹青未著霜，垅间稗穗已先黄。
放翁皓首②归民籍③，烂醉狂歌坐簧床④。

① 汀（tīng）：水边平滩。② 皓（hào）首：白头。③ 民籍：

平民身份。指不再做官。④箦（zé）床：无垫席的榻。

昔遇高皇起众材①，姓名曾得厕邹枚②。
年逾八十犹赊③死，却伴邻翁劚芋魁④。

①"昔遇"句：绍兴三十年（1160），陆游任敕令所删定官，三十一年（1161）七月，为大理司直兼宗正簿，冬季官玉牒所，任枢密院编修官。这年，陆游获赐入对高宗，得到了高宗的赏识。② 邹枚：汉邹阳、枚乘。两人皆以才辩著名，后世借指富于才辩之士。③ 赊（shē）：买商品时暂时欠账，延期付款。这里指苟延性命。④ 劚芋魁：砍芋头。芋魁，指芋头的块状茎。

老病侵凌①不可当，时时揽镜②自悲伤。
西风吹散朝来酒，依旧衰颜似叶黄。

① 侵凌：侵犯欺凌，此指染病。② 揽镜：对镜，照镜子。

冷落秋风把酒杯，半酣①直欲挽春回。
今年菰菜尝新②晚，正与鲈鱼一并来。

① 酣（hān）：饮酒尽兴。② 尝新：品尝应时的新鲜作物菜品。

置酒何由办咄嗟①，清言②深愧淡生涯。
聊将横浦红丝硙③，自作蒙山紫笋茶。

① 咄嗟（duō jiē）：时间仓卒，迅速。② 清言：高雅的言论。③ 红丝硙（wèi）：茶硙，茶磨。

洗耳高人耻见尧①，看渠应不受弓招②。
精神殉物那能久，刀砺③君看日日销。

①"洗耳"句：汉蔡邕《琴操·河间杂歌·箕山操》："许由者，古之贞固之士也。尧时为布衣……以清节闻于尧，尧大其志，乃遣使以符玺禅为天子。于是许由喟然叹曰：'匹夫结志，固如盘石，采山饮河，所以养性，非以求禄位也。放发优游，所以安已不惧，非以贪天下也。'使者还，以状报尧，尧知由不可动，亦已矣。于是，许由以使者言为不善，乃临河洗耳。"② 弓招：古代延聘士礼。《左传·昭公二十年》："弓以招士，皮冠以招虞人。"③ 刀砺：磨刀石。

石帆山下醉清秋，常伴渔翁弄小舟。
箬笠①照溪吾自喜，貂蝉②谁管出兜鍪③。

① 箬笠（ruò lì）：用竹篾、箬叶编织的斗笠。② 貂蝉：冠饰，即貂蝉冠，宋时官员所戴。③ 兜鍪（móu）：古代战士戴的头盔，秦汉以前称胄，后称兜鍪。种类有虎头兜鍪、凤翅兜鍪、狻猊兜鍪等。

烟波万顷镜湖秋，清啸①虽闻不可求。
自是世间知者少，山林何代乏巢由〔一〕②？
〔一〕原注：隐者。

① 清啸：清越而悠长的啸鸣。② 巢由：巢父和许由，皆高士。尧以天下让巢父，不受，隐居，放牧为生。尧以天下让许由，不受，终老箕山。

禹巡①吾国三千岁，陈迹销沉渺莽中。
岂独江山无定主？苔矶②知换几渔翁〔一〕。
〔一〕原注：禹庙。

① 禹巡：大禹往来查看（治理洪水）。禹，夏朝第一任国君。② 苔矶：长满青苔的水边大岩石。指钓鱼台。

江东谁复识重瞳①,遗庙欹斜草棘中。

若比咿嘤念如意,乌江战死尚英雄[一]②。

〔一〕原注:项羽庙。

① 重瞳:代称项羽。②"乌江"句:项羽被刘邦围困垓下,陷入绝境。夜间,汉军四面唱起楚地歌曲,项羽以为汉军已得楚地,遂突围至乌江,自刎而死。

漠漠渔村烟雨中,参差苍桧映丹枫。

古来画手①知多少?除却范宽②无此工。

① 画手:绘画的能手,指画家。② 范宽:陕西华原(今陕西铜川)人,北宋画家。存世作品有《溪山行旅图》《雪山萧寺图》《雪景寒林图》等。

渺渺风烟接小江①,牛头山②色满蓬窗。

门前西走钱塘路,也有闲人似老庞③。

① 小江:钱清江。与气势壮观的钱塘江相比,因而称小江。因在绍兴之西,又名西小江。因流经东汉会稽太守刘宠投钱处,称钱清江。② 牛头山:在今绍兴越城区东北,因山形像牛头而得名。③ 老庞:庞德公,荆州襄阳人,东汉末隐士。归隐鹿门山,采药而终。

二友①

剩储名酒待梅开,净扫虚窗②候月来。

老子幽居得二友,人间万事信悠哉!

① 二友：陆游以酒、梅为友。② 虚窗：空寂冷清的窗。

岁晚[一]

小岫嶙峋炷宝熏①，卷书闲对一窗云。
雁声忽向天边过，起立中庭看断群。
〔一〕六首，录四、五。

① 宝熏：香薰。

小坞①梅开十二三，曲塘冰绽②水如蓝。
儿童斗采春盘料③，蓼茁芹芽欲满篮。

① 坞：地势四面高而中间低的地方。② 冰绽（zhàn）：冰裂。③ 春盘：古时民间节日传统食品。立春日有食春饼与生菜的风俗，饼与生菜以盘装故名春盘。

晓起折梅

织女斜河①漏②已残③，长庚④配月夜将阑。
小桥幽径无人见，折得梅花伴晓寒⑤。

① 斜河：银河。② 漏：古代的一种计时工具。③ 残：最后的，最末的。④ 长庚：金星，黎明前出现在东方天空，被称为"启明"。⑤ 晓寒：清冷的早晨。

新春感事八首,终篇因以自解[一]

九陌①风和不起尘,平湖冰解欲生鳞②。
往来朝暮纷②如蚁,得见新春有几人。

〔一〕录一、三、五、六、八。　○嘉定元年戊辰,八十四岁。

① 九陌:汉长安城中的九条大道,此指田间的道路。② 生鳞:春冰初解冻,水现皱纹。③ 纷:多而杂乱。

一年最好早春天,风日初和未脱绵①。
坎坎②圆鼙赛神社,翻翻③小伞下湖船。

① 绵:丝绵。狭义是指天然蚕丝绵,广义是指丝绵状织物,具有柔软保暖的特性。② 坎坎:圆鼙(pí)声。③ 翻翻:翻飞的样子。

锦城旧事不堪论①,回首繁华欲断魂。
绣毂金羁②三十里,至今犹梦小东门③。

① "锦城"句:陆游在淳熙五年(1178)结束了长达八年的蜀地宦游生活。② 绣毂金羁:华丽的车马。毂,即车轮,此指车。羁(jī),即马笼头。③ 小东门:成都小东门。陆游曾作《正月十一日夜,梦与亡友谭德称相遇于成都小东门外,既觉,慨然有作》。

玻璃江①上柳如丝,行乐家家要及时。
只怪今朝空巷出,使君人日宴蟆颐[一]②。

〔一〕原注:眉州。

① 玻璃江:蟆颐山下岷江的一段,江水透明而深蓝,故名玻璃江。② 蟆颐:蟆颐山,在今四川眉山,山上有蟆颐观。

乌藤即是碧油幢①，百万天魔指顾②降。
酣枕不知霜缟③瓦，下床已见日烘窗。

① 碧油幢（chuáng）：青绿色的油布车帷，此指青绿色的军帐。② 指顾：一指一瞥之间，形容时间短暂。③ 霜缟：白绢，此指洁白的样子。

记闲

白云堆里看青山，猿鸟为邻日往还。
黄绮①后身应我是，再来依旧一生闲。

① 黄绮：指汉初商山四皓中的夏黄公、绮里季。

春游〔一〕

方舟冲破湖波绿，联骑①蹋残花径红。
七十年间人换尽，放翁依旧醉春风〔二〕。

〔一〕四首，录一、三、四。　〔二〕原注：予年十四，始到禹祠、龙瑞，今七十一年矣。

① 联骑：并乘。

兰亭①路上换春衣，梅市桥②边送夕晖。
闻有水仙翁是否？轻舟如叶桨如飞。

① 兰亭：晋王羲之居山阴（今浙江绍兴），永和九年（353）集会兰亭，作《兰亭集序》，因此闻名。② 梅市桥：在绍兴北郊。

沈家园①里花如锦，半是当年识放翁。
也信美人终作土②，不堪幽梦太匆匆。

① 沈家园：即沈园。陆游在绍兴二十五年（1155），时三十岁，与前妻唐婉偶遇于沈园，作《钗头凤》。陆游在七十五岁时游沈园，作《沈园》二首，有"梦断香消四十年，沈园柳老不吹绵"句。②"也信"句：陆游八十四岁再游沈园，唐婉已死去近五十年。美人，指唐婉。

书忧

时人应怪我何求，白尽从来未白头①。
磅礴②昆仑三万里，不知何地可埋忧？

①"白尽"句：指年老。② 磅礴（páng bó）：气势浩大。

门外独立

朝看出市①暮看归，数②尽行人尚倚扉。
要见先生无尽兴，少须高树挂残晖③。

① 出市：出来做工。② 数（shǔ）：计算，点数。③ 残晖：落日残照。

书感

翟公①冷落客散去,萧尹②谴死人所怜。
输与桐君③山下叟④,一生散发醉江天。

①翟(zhái)公:西汉人。汉武帝时任廷尉,权势很大,终日门庭若市。后被贬,门庭冷冷清清,可设雀罗。②萧尹:唐萧炅(jiǒng),玄宗开元二十一年(733),为河南少尹。天宝初,迁刑部尚书兼京兆尹。天宝八载(749),为杨国忠奏劾贬官。③桐君:在浙江桐庐富春江畔,严子陵不慕权贵,隐居于此,有严子陵钓台。④山下叟:指严子陵。

驱山①不障东逝波,一樽莫惜醉颜酡②。
斜风细雨苕溪路,我是后身张志和③。

①驱山:参见"驱石"典故,宋李昉《太平御览》:"《三齐略》曰:'秦始皇作石桥于海上,欲过海看日出处,有神人,驱石,去不速,神人鞭之,皆流血,今石桥犹赤色。'"②颜酡(tuó):醉饱后脸泛着赤色。③"斜风"句:指隐居。张志和《渔歌子》:"西塞山前白鹭飞,桃花流水鳜鱼肥。青箬笠,绿蓑衣,斜风细雨不须归。"

秋暑夜起追凉

漱罢寒泉①弄月明,浩然②风露欲三更。
曲阑干畔跙蹋久,静听空廊络纬③声。

①寒泉:清冽的泉水或井水。②浩然:广大壮阔的样子。

③ 络纬：虫名，夏秋夜间振羽作声，声如纺线，故名。俗称纺织娘，即莎鸡。

道士矶旁浪蹴天①，郎官湖上月侵船。
暮年自度无因到，且与沙鸥作后缘〔一〕。
〔一〕道士矶，今名道士洑，在蕲州。郎官湖，在汉阳。

① 蹴天：逐天。

秋思〔一〕

秋云易簇日常阴，西望山村每欲寻。
屏掩数峰临峭绝①，蛇蟠一径入幽深。
〔一〕十首，未抄者七、十。

① 峭绝：陡削耸立。

山步①溪桥入早秋，飘然无处不堪游。
僧廊②偶为题诗入，鱼市常因施药留。

① 山步：山脚水旁人家聚居之处。② 僧廊：寺院的廊庑。

临海①铜灯喜夜长，蕲春②笛簟怨秋凉。
世间生灭无穷境，尽付山房一炷香。

① 临海：地名，今隶属浙江台州。② 蕲春：地名，今隶属湖北黄冈。

才不才间未必全，胸中元自①要超然。
黄金不博身强健，且醉江湖万里天。

① 元自：本来。

牙齿漂浮欲半空①，此生已付有无中。
一杯藜粥枫林下，时与邻翁说岁丰②。

①"牙齿"句：指老年人牙齿松动与牙数缺失。② 岁丰：年谷丰收。

疏泉洗石夸身健，试墨烧香破①日长。
若得三山②安乐法，不须更觅玉函方③。

① 破：花费，耗费。② 三山：传说海上有三神山。晋王嘉《拾遗记·高辛》："三壶则海中三山也。一曰方壶，则方丈也；二曰蓬壶，则蓬莱也；三曰瀛壶，则瀛洲也。形如壶器。"③ 玉函方：医书。晋葛洪所撰。也指具有奇效的验方。

闲愁正可资①诗酒，小疾②安能减食眠。
一亩旋租③畦菜地，千钱新买钓鱼船。

① 资：帮助，资助。② 疾：小病，泛指疾病。③ 旋（xuàn）租：临时租种。

眼明尚见蝇头字①，暑退初亲雁足灯②。
历历胸中千载事，莫将轻比住庵僧。

① 蝇头字：蝇头细字，即细小的字。② 雁足灯：古代灯具，灯的把座铸成雁足形，汉代较流行。

感事

已醉猩猩犹爱屦①,入秋燕燕尚争巢。
老夫看尽人间事,欲向山僧学打包②。

①"已醉"句:《后汉书·西南夷》:"猩猩在山谷中,行无常路,百数为群。土人以酒若糟设于路。又喜屩(juē草鞋)子,土人织草为屩,数十量相连结。猩猩在山谷见酒及屩,知其设张者,即知张者先祖名字,乃呼其名而骂云:'奴欲张我。'舍之而去,去而又还,相呼试。共尝酒,初尝少许,又取屩子着之,若进两三升,便大醉,人出收之。"②打包:僧人行脚云游,所带行李少,仅打成一包。泛指轻装出行。

仲秋书事〔一〕

秋风社①散日平西,余胙②残壶手自提。
赐食敢思烹细项,家庖仍禁擘团脐〔二〕③。

〔一〕十首,未抄者二、五。 〔二〕原注:昔为仪曹郎兼领膳部,每蒙赐食,与王公略等。食品中有羊细项,甚珍。予近以恶杀,不食蟹。

①社:社日,祭祀社神的日子,有春社、秋社。②胙(zuò):古代祭祀用的肉。③团脐:雌蟹,腹甲形圆。

断云归岫①雨初收,茅舍萧条古渡头。
短褐老人垂②九十,松枯石瘦不禁③秋。

①岫(xiù):山峰。②垂:将要,将近。③不禁秋:经受不

住秋凉。

客来深愧里闾①情,近为衰残②罢送迎。
旋置风炉煎顾渚③,剧谈④犹得慰平生。

① 里闾:乡间。② 衰残:衰老。③ 顾渚:顾渚产茶,此代指茶。传说吴王夫差到此,"顾其渚而忘返",由此得名"顾渚"。唐代茶圣陆羽曾在此撰《茶经》。④ 剧谈:酣畅地谈。

书生习气①尽驱除,酒兴诗情亦已无。
底怪今朝亲笔砚,村乡来请辟蝗符②。

① 习气:习惯,习性。② 辟蝗符:通过符箓方式驱逐蝗灾的迷信举动。符即画的一种图形或线条。

灵府不摇神泰定,病根已去脉和平。
金丹妙处无多子,只要先生两眼明。

省身要似晨通发,止杀先从莫拍蚊。
老负明时①无补报,唯将忠敬事心君②。

① 明时:治世,政治清明的时代。② 心君:即心。以心为一身之主,故称。

杖得轻坚余可略,酒能醇劲更何求?
二君①最是平生旧②,白首相从万事休。

① 二君:指杖与酒。② 平生旧:平生,即平素。旧,指故交、老交情。

心明始信元无佛,气住何曾别有仙。
领取三山安乐法,蒲团纸帐过年年。

溪上小雨

我是人间自在人,江湖处处可垂纶①。
扫空紫陌红尘梦,收得烟蓑雨笠身。

① 垂纶:垂钓,指隐居生活。

闻新雁①有感

才本无多老更疏,功名已负此心初②。
镜湖夜半闻新雁,自起吹灯③读汉书。

① 新雁:指刚从北方飞来的大雁。② 心初:初心,最初的心意。③ 吹灯:吹灯使亮,即点灯。

新雁南来片影孤,冷云深处宿菰芦①。
不知湘水②巴陵路③,曾记渔阳上谷④元。

① 菰(gū)芦:菰草和芦苇,指新雁栖息处。② 湘水:湘江,长江流域湖南洞庭湖水系。③ 巴陵路:即巴陵道。通往巴陵(今湖南岳阳)的道路。④ 渔阳上谷:古征戍之地。渔阳,在今北

京密云西南。上谷,在今河北怀来北,北京和河北交界处。

初冬杂咏[一]

重阳已过二十日,残菊才存三四枝。
对酒插花君勿笑,从来不解入时宜。

〔一〕八首,抄一、四、五、六、七。

微风蹙水靴文浪①,薄日烘云卵色天②。
但恨世间闲客③少,江湖底处④欠渔船。

① 靴文浪:形容细波微浪。② 卵色天:蛋青色的天空。③ 闲客:清闲的人。④ 底处:何处,什么地方。

书生本欲辈莘渭①,蹭蹬②乃去为诗人。
囊中略有七千首,不负百年风月身。

① 莘渭:指莘野、渭川,分别指辅佐商周的伊尹、吕望。② 蹭蹬:路途险阻难行,比喻困顿不顺利。

俗缘①已断宁容续,幽事虽多不厌增。
折简②迎医看病鹿,舂粳炊饭供游僧③。

① 俗缘:世俗之事。② 折简:书札,信笺。③ 游僧:四方云游的僧人。

夜窗父子共煎茶①,一点青灯冷结花。

村落盗清无吠犬，园林月上有啼鸦。

① 煎茶：烹茶。

得子虞，书言明春可归

白首相依饱蕨薇①，吾家父子古来稀②。
春秧出水柔桑绿，正是农时望汝归。

① 蕨薇：蕨和薇，皆山菜，代指野蔬。② 古来稀：人生七十古来稀。

杂赋〔一〕

病叟胸中一物无①，梦游信脚到华胥②。
觉来忽见天窗白，短发萧萧起自梳。
〔一〕十二首，录二、六。

① 胸中一物无：胸中无物挂碍，无牵无挂。② 华胥：传说无为而治的理想国家。

昔人莽莽荒丘里，陈迹纷纷朽简中。
毕竟是非谁辨得？举杯吾欲问虚空。

梅〔一〕

三十三年①举眼非,锦江乐事②只成悲。
溪头忽见梅花发,恰似青羊宫③里时。

〔一〕二句首,录一。

① 三十三年:此诗作于宋宁宗嘉定元年(1208),陆游时八十四岁,三十三年前宋孝宗淳熙二年(1175),陆游在成都范成大幕府。② 锦江乐事:指在成都幕府的快乐生活。③ 青羊宫:道观,成都名胜地。

春日杂兴〔一〕

方塘盎盎①带泥浑,远草青青没烧痕②。
只道雨晴春昼永③,归时不觉已黄昏。

〔一〕十二首,录一、七、八、九、十。 ○嘉定二年己巳,八十五岁。

① 盎盎:洋溢、充盈的样子。② 烧痕:野火的痕迹。③ 昼永:白昼漫长。

一枝筇杖一山童,买酒行歌小市中。
莫笑摧颓①今至此,当年万里看春风。

① 摧颓:困顿,失意。

四十余年学养生,谁知所得亦平平?

体孱①不犯②寒时出,路湿常寻干处行。

① 孱(chán):身体瘦弱。② 犯:值得。

搅睡禽声晓傍檐,泥人花气午穿帘。
欢情老去年年薄①,困思②春来日日添。

① 薄(bó):少。② 困思:倦怠的心绪、情绪。

阴晴不定春犹浅,困①健相兼病未苏②。
见说市楼新酒美,杖头③今日一钱无。

① 困:疲乏。② 未苏:未康复。③ 杖头:即杖头钱,指买酒钱。

花下小酌

柳色初深燕子回,猩红千点海棠开。
鲝鱼①莼菜随宜②具,也是花前一醉来。

① 鲝(cǐ)鱼:一种鱼,头长,体侧扁,生活于近海。② 随宜:即随意,根据情况方便行事。

云开太华①插遥空,我是山中采药翁。
何日胡尘扫除尽,敷溪②道上醉春风。

① 太华：在陕西东部，秦岭东段。主峰太华山。② 敷溪：敷水，在陕西华阴西部。

夏日 [一]

暑雨初晴昼漏①迟，江乡乐事有谁知？
村村垅麦登场②后，户户吴蚕坼簇③时。

[一] 十二首，录一、三、八、九、十、十一、十二。

① 漏：漏壶，古代计时器。指时刻。② 场（cháng）：平坦的空地，多为翻晒粮食、碾轧麦谷物的场地。③ 坼（chè）簇：坼，裂开。簇，用植物的茎扎成的蚕作茧的工具。

竹根断作眠云枕①，木瘿②刳③成贮酒尊。
怪怪奇奇非著意④，自无俗物到山村。

① 云枕：枕头。② 木瘿（yǐng）：树木外部隆起的瘤状物，可因形状雕刻用具。③ 刳（kū）：剖开后再挖空。④ 著（zhuó）意：留意，在意。

谢①客捐②书日日闲，行穿密竹卧看山。
岩前恨③欠煎茶地，安得茅茨④一小间。

① 谢：辞去，拒绝。② 捐：舍弃，抛弃。③ 恨：遗憾。④ 茅茨（cí）：茅屋，指简陋的居室。

蘋①生洲渚微风起，梅熟园林细雨来②。

咫尺柴门常懒出,不教挂杖损苍苔。

①蘋(pín):蕨类的隐花植物,生在浅水中。②"梅熟"句:指梅雨季节,"梅子黄时家家雨"的情景。

侧卧横眠百不知,轩窗寂寂雨丝丝。
岂无布袜青鞋兴①,过却梅天②出未迟。

①兴:允许,许可(多用于否定式)。②梅天:梅雨天。

幽花娅姹①开还敛,小蝶翩翾②去复留。
贪睡畸翁③俱不领,被人错唤作闲愁④。

①娅姹(yà chà):美丽,多姿多彩。②翩翾(piān xuān):轻轻飞舞的样子。③畸翁:孤单的老人。④闲愁:无端无谓的忧愁。

山下柴荆昼不开,苔生古井暗楸槐①。
新诗哦②罢闲无事,移取藤床睡去来。

①楸(qiū)槐(huái):楸树和槐树。②哦(é):吟咏,吟诗。

即事〔一〕

烟雨凄迷①晚不收②,疏帘曲几③寄悠悠。
一双蛱蝶来何许?点尽青青百草头。

〔一〕八首,录三、四。

①凄迷:景物凄冷迷茫。②晚不收:晚不去。③曲几:曲木几,木几顺以树天生屈曲之材制成,故称。

生来骨相①本酸寒②,天遣沙头把钓竿。
但称山人撇耳帽③,敢希④楚客切云冠⑤。

①骨相:指人的骨骼、形貌。古人以骨相推论人的福禄穷达。②酸寒:犹寒酸。③"但称"句:陆游《山行》:"撇耳帽宽新小疾,独猿车稳正闲游。"山人,山野之人或山居之人。④敢希:谦辞,有冒昧的意思。⑤切云冠:高冠名。《楚辞·九章·涉江》:"冠切云之崔嵬。"

嘉定己巳立秋得膈①上疾,近寒露乃小愈〔一〕②

独立溪桥看落晖,残芜③漠漠④蝶飞飞。
从来泽国⑤秋常晚,叹息衰翁已衲衣⑥。

〔一〕十二首,录一、八、九。

①膈(gé):人的胸腔和腹腔之间的膜状肌肉。②愈:(病)好。③残芜:凋零衰残的草丛。芜,丛生的杂草。④漠漠:广阔辽远的样子。⑤泽国:指山阴水乡。⑥衲衣:缝缀过的衣服。这里指添衣。

小诗闲淡①如秋水,病后殊胜②未病时。
自剪矮笺③誊断稿④,不嫌墨浅字倾欹。

①闲淡:诗风安闲恬淡。②殊胜:稍胜,略胜。③矮笺:短的纸张。④断稿:残存或没有写就的文稿。

八月吴中风露秋，子鹅①可炙酒新篘②。
老人病愈乡闾③喜，处处邀迎共献酬④。

①子鹅：幼鹅。北魏贾思勰《齐民要术·养鹅鸭第六十》："供厨者，子鹅百日以外，子鸭六七十日，佳。"②新篘（chōu）：新漉取酒。③乡闾（lú）：乡亲；同乡。④献酬：酬答，应答。

梅市书事

羸马孤愁不可胜①，小诗未忍付甍腾②。
一声客枕③江头雁，数点商船雨外灯。

①胜（shēng）：能承担，能担当。②甍（méng）腾：模模糊糊，思绪不清。③客枕：客居所用枕头，指旅途中过夜。

示儿①

死去元知②万事空，但悲不见九州③同④。
王师⑤北定⑥中原日，家祭⑦无忘告乃翁。

①示儿：此诗是陆游的绝笔，写给儿子。②元知：本来就知道。元，同"原"。③九州：《尚书·尧典》："禹置九州者，禹贡之九州：冀、兖、青、徐、扬、荆、豫、梁、雍也。"这里指全国。④同：统一。⑤王师：指南宋的军队。⑥北定：收复淮河以北被金人占领的土地。⑦家祭：家族中对先人的祭祀。

跋

诗言志。

清同治六年,曾国藩在北京纂成《十八家诗钞》。

《十八家诗钞》选魏晋南北朝曹植、阮籍、陶潜、谢灵运、鲍照、谢朓六家,唐代王维、孟浩然、李白、杜甫、韩愈、白居易、李商隐、杜牧八家,宋代苏轼、黄庭坚、陆游三家,金代元好问一家,共十八家,6599首诗。

《十八家诗钞》兼收并蓄。每家选最擅诗体,除杜甫诸体皆备外,其余十七家选一体或数体,钞取时有意存其全体,不加删汰。钱穆云:"曾文正的《十八家诗钞》,正因他一家一家整集钞下,不加挑选,能这样去读诗,趣味才大,意境才高。"

《十八家诗钞》是诗的理想国。曾国藩云:"余所好者,尤在陶之五古、杜之五律、陆之七绝,以为人生具此高淡襟怀,虽南面王不以易其乐也。"

本书以清同治十三年传忠书局刻《十八家诗钞》为底本,原本夹注部分移至诗后,全书用简化字排版,对多音字及生僻字注音,对疑难字词简要注释。

言之文也,天地之心。这套书共十册,封面卦象瓷色,环衬龙征其变。旁通无滞,日用不匮。

本书出版后,我们还将陆续推出曾国藩选古诗系列单行本，供广大读者兴观群怨、各美其美。正所谓："芳宴此时具，哀丝千古心。"

变革时代，以志帅气。

苟燕楠

2024年10月20日